KB153596

아르주만드 뷰티살롱

이진
장편소설

비룡소

차례

그날 저녁, 나는 휘발유 냄새를 풍기는 구겨진 만 원짜리 지폐 열 장이 든 규격 봉투를 만지작거리며 좁은 골목길 안쪽에 숨어 있는 작은 떡볶이 집 앞에 서 있었다. 심장이 터질 듯 두근거리고, 늘어날 대로 늘어난 교복 치마 허리 위에 묵직하게 걸쳐진 뱃살이 긴장 어린 숨을 들이쉴 때마다 팽팽하게 부풀었다. 떡볶이 집의 통유리 창 위에는 귀퉁이가 햇살에 바래 누르스름해진 광고지 한 장이 붙어 있었다.

아르주만드 뷰티 살롱

내가 이 정체불명의 떡볶이 집 앞에서 망설이는 이유는 단 하나였다. 살을 빼기 위해서. 볼록 튀어나온 아랫배를 30인치짜리 청바지 속으로 갈무리할 때마다 진땀을 흘리지 않기 위해서. 우리 엄마처럼 44사이즈가 되기 위해서. 가공식품과 과자로 이루어진 달콤한 천국을 떠올리지 않고도 행복해지기 위해서.

1

돈 줄 테니 살 빼

언제부터인지 엄마는 아침마다 내 방문 앞에 체중계를 가져다 놓기 시작했다.

아침 댓바람부터 체중계와 마주치는 것을 달가워할 여자아이가 이 세상에 한 명이라도 있을까? 더군다나 나처럼 몸무게에 자신 없는 여자아이라면 말이다. 엄마는 그런 것을 뻔히 알면서 일부러 체중계를 내 방문 앞에 가져다 놓았다. 낡은 체중계의 바늘은 언제부터인가 0킬로그램에서 오른쪽으로 조금 비켜나 0.5와 1의 눈금 중간에 멈추어 있었다. 크게 한 번 심호흡을 하고 체중계 위에 올라서자 바늘은 냉큼 65.7을 가리켰다. 바늘이 처음 있던 위치를 대충 0.7이라고 친다면 65킬로그램. 700그램의 차이가 조금이나마 위안을 주었다. 700그램은 고기 한 근이 넘는 무

9

게다. 고기 생각을 하니 아침부터 고기가 먹고 싶어진다. 싱싱한 상추에 구운 마늘 한 쪽이랑 쌈장 한 젓가락 얹어 먹는 삼겹살! 아, 입에 침 고인다.

"몇 킬로니?"

체중계에서 내려오기 무섭게 엄마가 부엌에서 아침 준비를 하다 말고 소리쳐 물었다. 엄마는 뒤통수에도 눈이 달린 모양이다.

"몰라, 밥이나 빨리 줘. 배고파 죽겠어."

"눈 뜨자마자 밥 달라 소리가 잘도 나온다. 굶다 죽은 귀신이 들었니."

엄마는 재빠른 손놀림으로 밥상을 차리며 퉁을 놓았다. 먹다 남은 된장찌개, 캔째로 놓인 고추 참치와 게맛살. 사흘 내내 똑같은 메뉴였다. 물론 나는 된장찌개를 좋아하고 고추 참치는 백 일 동안 그것만 먹고 살아야 하는 벌을 받아도 상관없을 만큼 좋아한다. 하지만 아침부터 구박을 당하고서 가만있을 수는 없지.

"또 된장찌개야? 지겨워 죽겠네."

내 불평에 엄마는 곧바로 도끼눈을 떴다.

"다 큰 게 어디서 반찬 투정이야? 싫으면 네 손으로 차려 먹어!"

나는 벌떡 일어나 한 손에는 밥그릇을, 다른 한 손에는 고추 참치 캔을 들고 내 방으로 뛰어 들어가며 악을 썼다.

"밥 먹을 때는 개도 안 건드린다더라!"

"이놈의 계집애, 말대꾸하는 것 좀 봐? 박세아! 문 안 열어?"

엄마가 방문을 두드리며 난리를 쳤다. 문짝이 부서지기 일보 직전이었지만 난 아랑곳하지 않고 남은 밥에 고추 참치를 싹싹 비비는 데만 집중했다. 조금만 더 버티면 된다. 엄마는 항상 나보다 십오 분 일찍 출근하니까. 얼마 지나지 않아 엄마는 포기하고 내 방문 앞을 떠났다.

현관문 닫히는 소리가 들리자 나는 책가방을 들고 슬그머니 방에서 나왔다. 엄마가 떠난 집 안은 쥐죽은 듯 고요했다. 오빠는 밤새 온라인 게임에 빠져 있다가 해가 중천에 뜰 때쯤 일어날 테고, 주유소에서 교대 근무를 하는 아빠는 10시쯤 일어나 냉장고에서 찬밥을 꺼내 혼자 차려 먹을 것이다. 엄마가 차려 주는 아침밥을 먹는 사람은 우리 식구 중에 나뿐이었다.

"세아야, 이거 봤어? 애 지금이랑 완전 달라!"

1교시가 끝나자마자 짝지 수정이가 내 눈앞에 스마트폰을 들이대며 호들갑을 떨었다. 액정 화면에 떠올라 있는 것은 요즘 제일 잘나가는 여자 아이돌의 중학교 졸업 앨범 사진이었다. TV에 비치는 자그마한 얼굴과는 사뭇 다른 넓적한 얼굴로 불만스러운 표정을 짓고 있었다. 연예인 과거 사진 발굴 소식을 들은 아이들이 순식간에 수정이의 자리에 구름처럼 모여들어 수다를 떨었다.

"기획사 들어가서 20킬로 뺐다며. 독하다 독해."

"이땐 몇 킬로였을 것 같아? 60은 당연히 넘겠지?"

"어우, 난 60 넘으면 그냥 죽어 버릴 거야."

하루 종일 비비크림을 바르고 또 덧발라서 별명이 일본 귀신인 김민정이 끔찍한 사진이라도 본 듯 고개를 세차게 휘저으며 너스레를 떨었다. 그러자 김민정 곁에 서 있던 혜진이가 도끼눈을 뜨며 말꼬리를 잡아챘다.

"오버하고 있네. 사람이 60킬로 넘을 수도 있지, 뭘 죽네 사네야."

"너 지금 뭐라고 했어?"

"별것도 아닌 일에 오버한다고 그랬다, 왜?"

둘은 원래 앙숙이었다. 순식간에 말다툼은 싸움으로 번졌다. 김민정이 비비크림 둥둥 뜬 얼굴로 혜진이에게 앙칼지게 소리쳤다.

"솔직히 말해 봐, 네가 60킬로 넘어서 그런 거지? 하여간 돼지들, 유리 멘탈하고는!"

돼지 소리가 나를 향한 말이 아니라는 것을 알면서도 내 심장은 빠르게 뛰었다. 심장 고동은 곧 가슴을 콕콕 찌르는 아픔으로 변했다. 아픔은 사람을 포악하게 만든다. 이러다가는 나도 싸움에 끼어들어 저 계집애를 한 대 칠지도 몰라. 하지만 그런 짓을 하면 곧바로 김민정의 일진 패거리가 달려와 날 죽사발로 만들겠지. 나는 동전 지갑을 쥐고 귀와 심장을 아프게 찌르는 말을 피해 매점으로 도망쳤다.

매점에서 몽쉘통통을 두 개 샀다. 황급히 봉지를 뜯어서 크게 한 입 베어 물었다. 밀가루를 정성스레 감싼 초콜릿이 혀 위에서 사르르 녹으며 달콤한 맛이 입안을 가득 메웠다. 달콤한 맛은 목구멍을 거쳐 식도를 타고 위장 안으로 서서히 번져 나갔다. 그와 함께 머리와 가슴속을 가득 메운 통증이 썰물처럼 밀려 나갔다. 대통령은 뭐하나, 몽쉘통통 만든 사람에게 상도 안 주고. 나는 비닐 봉지 구석에 낀 부스러기까지 톡 털어 먹고 교실로 돌아갔다. 매점은 갑갑한 학교에서 혼자 둥둥 떠 있는 마법의 놀이 동산이었다. 과자와 라면과 청량음료가 넘쳐나는 행복한 나라에서 아이들은 큰 소리로 떠들며 쉴 새 없이 먹어 댔다.

야간 자율 학습이 끝나고 집에 가면 밤 9시가 훌쩍 넘었다. 저녁은 학교에서 먹고 가지만 집에만 오면 언제 저녁을 먹었느냐는 듯 출출해진다. 나는 책가방을 벗어 던지기가 무섭게 곧바로 부엌으로 달려가 냄비에 물부터 받았다.

"어이구, 아주 라면 공장장한테 시집을 가야 쓰겠네."

먹음직스럽게 끓어오르는 라면 냄비를 식탁 위에 올려놓자마자 엄마의 비아냥이 무섭게 날아왔다. 엄마는 차려 준 밥 이외에 내가 뭐라도 먹는 꼴을 곱게 두고 보는 법이 없었다. 나는 알맞게 익은 라면 가락을 후루룩 빨아들이며 받아쳤다.

"라면 공장장 돈도 많이 벌고 좋네 뭐. 과자 공장 하는 아빠

친구는 한 달에 삼천 만 원씩 집에 갖고 온다고 엄마가 그랬잖아?"

"내가 언제 그런 소릴 했어?"

"지난주에 아빠랑 부부싸움 하면서."

엄마는 기가 차다는 얼굴로 나를 바라보며 내뱉었다.

"하여간 저놈의 계집애 입만 동동 뜨는 거 하고는……. 누굴 닮아서 이래?"

나는 우리 집의 외계인이다. 엄마도 아빠도 오빠도 말랐는데 나만 이 모양이다. 내가 살찌기 시작한 건 초등학교 5학년 때, 초경을 하면서부터였다. 성장기를 맞이해 키가 크면서 몸무게도 함께 불어난 거다. 초등학교 4학년 때만 해도 나는 키 135센티미터에 몸무게는 25킬로그램에 불과한 허약 체질이었다. 초경 직후 나는 양달에 내놓은 화초처럼 쑥쑥 자라 지금의 65킬로그램을 달성했다. 엄마의 표현을 빌자면 당시의 나는 '넋 나간 짐승'처럼 먹어 댔다고 한다. 그리고 지금도 변함없이 넋 나간 짐승 소리를 듣고 산다.

엄마는 방울토마토를 오물거리며 고개를 절레절레 저었다. 눈곱만한 방울토마토 한 줌이 엄마의 저녁 식사였다. 160센티미터에 42킬로그램으로 홀쭉한 엄마는 아이 둘 낳은 몸으로 기성복 중에서 가장 작은 44사이즈를 너끈히 입을 수 있다는 사실이 자랑거리였다.

엄마는 원래 나처럼 통통했더랬다. 처녀 시절 사진 속의 엄마는 지금의 나를 빼닮은 둥글둥글한 얼굴을 하고 있었다. 결혼 전에는 외할머니에게, 결혼 뒤에는 친할머니에게 굼뜨고 둔하다며 구박을 당한 엄마는 이 악물고 다이어트를 시작했고 그 혹독한 다이어트는 지금까지 생활 습관으로 이어지고 있다. 의지로 타고난 체질을 극복했다는 사실은 엄마의 자존심 그 자체였다. 그런 엄마 딸인 나는 기성복 사이즈 중에서도 가장 큰 77사이즈를 입는다. 77사이즈는 인터넷 쇼핑몰에서도, 동네 옷가게에서도, 전철역 지하상가에서도 쉽게 구할 수 없는 사이즈다. 반평생을 다이어트와 함께 살아온 엄마 눈에 내가 얼마나 한심하고 답답해 보일지 나로서는 어림잡기도 힘들었다.

"제발 살 좀 빼라, 응? 세아야. 살만 빼도 얼마나 인물이 날까. 너 유치원 다닐 때는 미용실 아줌마들이 죄다 미스코리아 내보내라고 난리였어, 얘."

엄마는 마구 쪼아 대던 말투를 바꿔 애원하기 시작했다. 미스코리아 타령 또 시작이다. 유치원 졸업한 지가 언젠데 아직 포기를 못 하다니. 내가 꿈쩍도 하지 않자 엄마는 다시 눈을 치켜뜨며 신경질을 부렸다.

"다른 집 계집애들은 다이어트며 성형이며 목숨을 걸고 가꾼다는데, 너는 왜 이 모양이야? 넋 나간 짐승마냥 밤낮 가리지 않고 먹어 대고. 이러다 나중에 어디 시집이라도 가겠어?"

"그럼 성형하게 돈 줘. 잘나가는 연예인들도 다 돈으로 몸매 만들고 얼굴 만든다더라."

"그래, 엄마가 돈 줄게. 돈 줄 테니 살 빼!"

나는 엄마의 절규를 배경 음악 삼아 부지런히 라면 국물을 마셨다. 매콤하고 짭짤하고 감칠맛 나는 스프. 물기를 머금고 통통해진 건더기 스프. 내 생각에 진짜 완전식품은 계란이나 우유가 아니라 라면이다. 봉지 라면도 맛있고 컵라면도 맛있다. 끓인 라면도 맛있고 조금씩 부숴 먹는 생라면도 맛있다. 심지어 라면 스프만 손가락으로 찍어 먹어도 맛있다. 라면을 개발한 사람은 돈방석에 앉았을 거다.

라면 국물까지 깨끗이 비우고 내 방으로 돌아왔다. 교복 조끼를 벗고 땀에 전 블라우스를 벗어 던졌다. 브래지어 아래로 볼록하게 튀어나온 배가 눈에 들어왔다. 애써 신경 쓰지 않으려 해도 교복 치마 허리 위로 찹쌀떡처럼 얹혀 있는 아랫배만큼은 무시할 수가 없다. 나는 손을 내려 아랫배를 살짝 움켜잡아 당겨보았다. 얼마나 배에 살이 쪘는지 찰진 밀가루 반죽처럼 반 뼘 정도는 넉넉하게 늘어난다. 절로 한숨이 새어 나왔다.

―오늘도 덕분에 고마웠어.

아랫배를 잡아당기는 방향대로 배꼽이 오므라들었다 늘어났다 하며 입술처럼 움직이며 말을 걸었다. 나는 도끼눈을 뜨고 되받아쳤다.

16

―고맙긴 뭐가 고마워?

―네가 먹은 라면 덕분에 내 몸이 오늘도 탱탱하게 부풀었잖니. 역시 나트륨과 밀가루의 궁합은 최고라니까.

"너…… 죽을래?"

나는 움켜잡은 뱃살을 세게 비틀었다. 배꼽이 비틀린 뱃살 속으로 한순간 사라지며 아랫배는 입을 다물었다. 나는 올록볼록한 내 몸이 보기 싫어 헐렁한 트레이닝복을 재빨리 걸쳤다.

밀린 웹툰을 보다가 어느새 자정이 넘었다. 겨우 세 시간 전에 먹어치운 라면이 무색하게 또 출출해졌다. 야식 타임! 나는 잠깐 아랫배의 눈치를 살폈다. 잠들었는지 조용했다. 살그머니 방문을 열고 어두운 부엌으로 향했다. 목표는 냉장고 속 찬밥이었다. 찬밥에 계란 넣고, 간장 한 숟가락에 참기름 반 숟가락 넣어서 전자레인지에 1분 돌려 계란밥 해 먹어야지. 그런데 이게 웬일, 냉장고를 열어젖혔는데 아무리 살펴도 찬밥이 보이지 않았다.

"누가 내 밥 먹었어?"

이런 때에 의심 가는 인간은 하나뿐이다. 나는 오빠 방으로 달려가 방문을 냅다 걷어찼다.

"오빠! 내 밥 꺼내 먹었지?"

방문이 열리자마자 찌든 악취가 밀려 나와 숨이 턱 막혔다. 이런 걸 노총각 냄새라고 하나 보다. 가끔 오빠 방에서 흘러나오는 냄새를 맡을 때마다 나는 죽는 한이 있어도 노총각하고는 결

17

혼하지 말아야겠다고 다짐한다. 오빠의 좁은 방 한쪽 벽을 통째로 차지하고 있는 건 내 책상의 두 배쯤 되는 커다란 컴퓨터 책상이다. 그 위에서 24인치 대형 모니터 세 개가 동시에 돌아가고 있었다. 오빠는 커다란 헤드셋을 끼고 마우스를 움켜쥔 오른손을 쉴 새 없이 움직였다. 핏발 선 눈동자는 모니터 세 개에서 펼쳐지는 움직임을 따라 분주하게 이리저리 굴러다녔다. 저러다가 잠자리나 사마귀처럼 겹눈이 되어 버릴지도 몰라.

"오빠, 내 말 안 들려?"

"오라버니 경제 활동 중이다. 좋은 말 할 때 방해 그만하고 나가라."

오빠는 무뚝뚝하게 대답하며 마우스를 움직였다. 나는 확 달려들어 오빠의 오른팔을 내리쳤다. 모니터 속에서 열심히 도끼를 휘두르던 게임 캐릭터는 몬스터의 반격을 맞고 쓰러져 죽어 버렸다.

"이런 씨발! 너 때문에 레이드 망했잖아!"

오빠가 욕설을 내질렀다. 나는 지지 않고 오빠를 노려보며 소리쳤다.

"그러게 누구 맘대로 남의 밥을 꺼내 먹어?"

"밥통에 이름 써 붙여 놨냐? 오빠는 지금 신성한 경제 활동 중이거든?"

오빠는 두 손으로 머리를 마구 헝클어트리며 괴로워했다. 오빠가 주장하는 '신성한 경제 활동'이란 온라인 게임 속에서 쓰이는 아이템이나 게임 머니를 불법으로 팔아 돈을 버는 현금 거래질, 즉 현질을 뜻했다. 신성함이 다 얼어 죽었다.

"백수 주제에 뭐가 잘났다고 큰소리야?"

백수라는 말에 오빠의 눈에서 불꽃이 튀었다. 오빠는 모니터 앞에 굴러다니던 썩은 냄비를 움켜쥐더니 냅다 나를 향해 집어 던졌다. 냄비는 간발의 차이로 내 머리를 스치고 마루를 가로질러 굴러가 안방 문지방에 부딪혀 엎어졌다. 방문 앞에 선 엄마가 도끼눈을 뜨고 엎어진 냄비와 우리를 번갈아 노려보고 있었다. 이럴 때는 행동이 빨라야 산다. 나는 냉큼 뛰어가 일러바쳤다.

"엄마, 오빠가 내 밥 훔쳐 먹어 놓고는 나한테 냄비까지 던졌어. 게임하다 돌았나 봐."

잠기운이 남은 엄마의 이마에 깊은 팔자 주름이 새겨졌다. 오빠는 헤드셋을 머리에 끼우며 소리쳤다.

"저게 지 오라버니한테 싸가지 없이 굴잖아!"

엄마는 쿵쿵 발을 구르며 오빠 방으로 들어와 고함을 질렀다.

"그놈의 컴퓨터에서 돈이 나와, 쌀이 나와?"

"엄마는 내가 인터넷으로 사업하는 거 뻔히 알면서 왜 또 잔소리야?"

"천 원짜리 한 장이라도 가져다줘 보고 사업 타령해!"

엄마와 오빠의 싸움을 듣는 둥 마는 둥 나는 냉장고를 살살이 뒤져 먹다 남은 쥐포를 찾아내 가스레인지 불에 굽기 시작했다. 인터넷 사업 같은 소리 하고 있네. 누가 들으면 지가 청년 CEO라도 되는 줄 알겠다. 멀쩡한 대학교 졸업한 지 일 년 넘게 지나도록 내내 방에 처박혀 키보드만 두드리는 게임 중독자가 내 하나뿐인 오빠라니. 온라인 게임 현질을 인터넷 사업이라고 둘러치는 언변으로 왜 취업 면접은 번번이 떨어지나 몰라.

"여자는 예뻐야 돼."

물 먹은 하마 또 시작이다. 우리 엄마 나이 또래의 가정 선생님은 수업이 늘어지면 꼭 자신의 여성관을 설파하고는 했다. 정작 본인은 하마처럼 육중한 몸매를 자랑했다. 아이들은 그녀에게 '물 먹은 하마'라는 별명을 붙여 주었다. 당장에라도 터질 듯이 팽팽하게 늘어난 회색 원피스를 입고 거대한 엉덩이를 뒤뚱거리며 걸어가는 그녀의 뒷모습은 디즈니 만화 영화에 나오는 뚱보 하마 그 자체였다.

"내가 애들 키우면서 너희 가르치느라 고생을 해서 이렇지, 신혼 때까지만 해도 45킬로였어. 우리 딸도 내가 얼마나 엄하게 다이어트를 시킨다고. 그런 게 다 자기 관리야. 현대 경쟁 사회에서는 외모도 능력이라고."

45킬로 같은 소리 하네. 그렇게 따지면 나도 초등학교 1학년 때는 18킬로그램이었다. 나는 속으로 콧방귀를 뀌었다. 반쯤 열린 창문을 통해 시원한 바람이 들어왔다. 하마 선생님의 설교는 끝도 없이 이어졌다. 여자는 특히 말이야, 사회 나가면 외모가 얼마나 중요한지 말이야……. 나는 팔베개를 하고서 새파란 하늘 위로 흘러가는 뭉게구름을 바라보았다. 구름이 꼭 아이스크림을 닮았다. 구름처럼 폭신하고 풍성한 바닐라 맛 소프트 아이스크림.

아, 명동에서 파는 초대형 소프트 아이스크림 먹고 싶다. 얼굴을 살랑살랑 쓰다듬는 바람이 기분 좋았다. 나는 바닐라와 초콜릿 맛이 반반 섞인 아이스크림의 달콤함을 떠올리며 꾸벅꾸벅 졸기 시작했다.

"얘, 삼 분단 넷째 줄! 일어나!"

열심히 상모를 돌리던 나는 화들짝 놀라 고개를 들었다. 하마가 눈을 부릅뜨고 나를 노려보고 있었다. 나는 손등으로 입가에 고인 침을 닦으며 미적미적 자리에서 일어섰다.

"너 몇 킬로니?"

아닌 밤중에 홍두깨였다. 나는 눈을 끔벅끔벅하며 되물었다.

"네?"

"너 몇 킬로그램이냐고. 지난달에 신체검사 했잖아? 한 60킬로 정도 되니?"

에이 선생님 너무해요, 어떻게 그런 걸 대답해요? 아이들은 입을 모아 나를 변호해 주었지만, 하마는 끝끝내 내 몸무게 숫자를 캐내야 성이 차겠다는 듯 나를 뚫어지게 노려보았다.

"빨리 대답 안 해? 수업 시간에 졸았으니까 벌이야. 어서 대답해."

하마가 재촉했다. 날 바라보는 하마의 눈빛이 품은 악의에 숨이 막혔다. 보기에는 굼뜨고 순해 보이는 하마는 알고 보면 잔인한 맹수라지. 아이들은 안쓰러움과 호기심이 반반 섞인 눈으로 나를 뚫어지게 바라보고 있었다. 잠깐 존 대가치고는 너무 지독한 벌이었다. 나는 기어 들어가는 목소리로 대답했다. 부디 애들 귀에는 잘 들리지 않기를 빌면서.

"……60킬로그램이요."

그 순간 교실 안에 흐른 적막이라니. 창피해서 5킬로그램이나 덜어내고 거짓말했는데도!

"어머, 60킬로그래앰?"

하마는 일부러 육, 이라는 앞자리 숫자에 힘주어 외치며 호들갑을 떨었다. 나는 부끄러워 물거품처럼 꺼져 버리고 싶었다. 빌어먹을 하마, 동물원으로 보내 버리고 싶다. 아니, 동물원도 과분해. 밀림에 사는 굶주린 악어 떼에게 저녁거리로 던져 주고 싶다. 머릿속에서 사파리 영상을 재생하고 있는 나를 향해 하마의 질문이 이어졌다.

"너, 키는 몇 센티니? 160 안 되지?"

"……저 161센티인데요."

원래는 160.5센티미터이지만 일부러 161이라고 불러 말했다. 그러자 하마는 못 들을 말이라도 들은 듯 두 눈을 홉뜨며 너스레를 떨었다.

"어머, 그러니? 진짜로 161센티 맞아? 훨씬 작아 보이는데? 것봐, 살이 찌면 키도 작아 보인다니까. 이래서 자기 관리가 중요하다는 거야."

현대 여성의 자기 관리에 대한 하마의 설교가 길게 이어지는 동안 나는 계속 선 채로 있어야 했다. 쉬는 시간 종이 울리고 나서야 간신히 자리에 앉을 수 있었다. 분한 마음에 두 손이 바들바들 떨렸다.

"신경 쓰지 마. 가정은 지 몸뚱이나 신경 쓸 것이지."

수정이가 위로해 주었지만 분이 가시지 않았다. 내가 계속 씩씩거리자 수정이는 내 어깨를 다정하게 두드리며 덧붙였다.

"가정보다 네가 훨씬 날씬하잖아. 가정이 너 부러워서 그러는 거야."

그 따위 쓸데없는 소리는 뭐 하러 해? 나는 치밀어 오르는 부아를 억누르지 못하고 벌떡 일어나 교실을 뛰쳐나갔다. 내 몸무게가 아무리 60킬로그램이 넘는다고 해도 물 먹은 하마 같은 진짜배기 뚱보랑 비교해서 위로를 받는 건 너무 모욕적이다. 매점으로 뛰어가는 내내 부끄러움과 분노로 심장이 터질 것처럼 쿵쾅거렸다. 어서 맛있는 걸 먹자. 떡볶이, 라면, 몽쉘통통과 칸쵸를. 뭐든 좋으니 달콤하고 짭짤하고 기름지고 맛있는 것을 배 속으로 내려 보내야만 해. 심장의 고동이 머리와 가슴을 함부로 찔러 대는 통증으로 변하기 전에.

엄마는 나랑 눈만 마주치면 내가 성인병에 걸려 죽기라도 할 것처럼 난리를 치지만, 엄밀히 말해 난 뚱뚱한 게 아니라 통통한 거다. 나는 65킬로그램이라고 왕따를 당한 적도 없고, 공부를 좀 못하기는 하지만 65킬로그램이기 때문에 공부를 못하는 건 아니다. 77사이즈 옷을 살 때 좀 창피하기는 하지만, 얼굴에 살이 통통하게 올라서 셀카 찍을 때마다 휴대폰 쥔 손을 한껏 머리 위로 올려 찍어야 하기는 하지만, 그렇다고 해서 가끔 뉴스에 나오는 애들처럼 아파트 옥상에서 뛰어내릴 만큼 비참하지는 않다는 말이다.

날 비참하게 만드는 건 내 몸뚱이가 아니라 내 주변을 이루는 것들이다. 엄마가, 하마 같은 어른들이, 애들이, TV와 인터넷에 떠다니는 아이돌과 얼짱 모델들의 사진들이 나를 비참하게 만든다. 44, 55사이즈, 날씬이들의 세상에서 나는 내가 아닌 65라는 숫자로만 존재한다. 65라는 구체적인 숫자를 입 밖으로 내뱉는 순간 그저 남들보다 조금 무거울 뿐인 내 몸뚱이의 존재는 감히 입에 담기도 두려운 어떤 것으로 변해 버린다. 학교에서는 학생이라는 존재를 이루는 모든 것에 숫자를 가져다 붙인다. 내신 등급, 모의고사 점수, 학번, 그 모든 것들에 숫자를 매기는 것에도 모자라 키와 몸무게까지. 아무리 그래도 반 아이들 앞에서 몸무게가 까발려지는 것은 신체검사 날 하루만으로 충분하잖아?

엉덩이 닦고 버린 휴지 같은 기분으로 집으로 돌아왔다. 어김없이 내 방문 옆에 앉아 있는 체중계가 눈에 들어왔다. 0.7에 멈추어 있는 멍청한 바늘을 보자 부아가 솟구쳤다. 나는 체중계를 움켜잡고 머리 위로 번쩍 들어 올렸다. 제법 무거워 팔이 후들거렸다. 고철 덩어리 주제에 감히 내 기분을 쥐락펴락해? 박살 내 버리겠어!

베란다 창문 밖으로 체중계를 집어 던지려는 순간, 아빠가 한 손에 검은 비닐봉지를 들고 안방에서 나왔다. 나는 체중계를 머리 위로 들어 올린 엉거주춤한 자세로 뒤를 돌아보았고, 두 눈을 커다랗게 뜨고 나를 바라보는 아빠와 눈빛을 마주했다.

"뭐 하냐, 세아야."

아빠가 눈을 크게 뜨고서 나에게 물었다. 나는 체중계를 머리 위로 쳐든 채 악을 썼다.

"이놈의 체중계가 사람을 무시하잖아!"

"그것부터 좀 내려놔라. 다친다."

나는 씩씩거리며 체중계를 바닥에 내려놓았다. 그러자 아빠는 부엌으로 걸어 나와 찬장에서 유리잔을 한 개 꺼냈다. 그리고 냉장고에서 보리차 병을 꺼내 유리잔을 가득 채우고 나에게 손짓했다.

"이리 와서 냉수 마셔라."

"냉수 먹고 정신 차리라고?"

이럴 때의 난 꼭 엄마를 닮았다. 속마음은 안 그러면서 밉살스러운 말이 튀어나오는 점이. 하지만 아빠가 따라 준 차가운 보리차를 단숨에 들이켜자 신기하게도 기분이 가라앉았다.

"왜 그러고 있었어?"

"엄마가 살 빼라고 내 방 앞에 체중계 갖다 놓고 난리잖아. 짜증나 죽겠어."

"너 정도면 건강하지, 무슨 살을 빼."

"그건 아빠 눈이 이상한 거야."

"그런가 보다. 그래도 아빠 눈에는 너 정도면 괜찮다."

아빠는 내가 비운 컵에 보리차를 따르며 말했다. 나는 도끼눈을 뜨고 소리쳤다.

"아빠 지금 비꼬는 거지?"

"아빠가 왜 비꼬냐."

나를 바라보는 아빠의 얼굴은 텔레비전 다큐멘터리에 나오는 난민처럼 홀쭉했다. 태산만 한 내 허벅지에서 지방을 한 줌만 뽑아내어 아빠 볼에 집어넣어 주면 서로 좋을 텐데. 아빠 성격에 괜히 비꼬거나 거짓말할 일이 없다는 사실은 이 집에서 내가 제일 잘 알았다. 뻔히 알면서도 성질을 부린다. 미안해진 나는 말을 돌렸다.

"……아빠 출근 안 해?"

"오늘은 조금 늦게 출근해도 돼."

"그렇구나."

아빠는 안방에서 들고 나온 검은 비닐봉지에서 주유소 마크가 찍힌 휴대용 티슈를 한 아름 꺼내 찬장에 차곡차곡 집어넣기 시작했다. 아빠는 우리 동네에서 전철로 다섯 정거장 떨어진 동네에 있는 주유소에서 파트타임 아르바이트 직원으로 일하고 있다. 아빠가 주유원 일을 시작하면서 우리 집은 크리넥스 티슈나 두루마리 휴지 대신 주유소에서 차주들에게 경품으로 주는 휴지만 썼다. 주유소 휴지는 공짜라 좋기는 했지만 두루마리 휴지보다도 거칠고 빳빳해서 코를 여러 번 풀면 콧망울이 빨갛게 헐었다.

아빠가 처음부터 주유원 일을 업으로 한 것은 아니었다. 원래 아빠는 누구나 이름을 한두 번 들어 봄직한 대기업에 다니는 평범한 회사원이었다. 내 초등학교 졸업식을 며칠 앞둔 날, 아빠는 회사에서 잘렸다. 아빠는 퇴직금으로 동네에 자그마한 치킨 가게를 열었지만 일 년도 안 되어 수천만 원에 달하는 빚만 남기고 망해 버렸다. 우리 집에 빚이 쌓이지 않은 것은 보험 회사를 다니는 엄마 덕분이었다. 미대를 나와 동네 미술학원 강사 일을 하던 엄마는 아빠가 회사를 그만두기 정확히 석 달 전 불현듯

계시를 받은 것처럼 미술학원을 그만두고 독학으로 보험 공부를 시작하더니 두 달 만에 보험 설계사 자격증을 따고 곧바로 일을 시작했다. 그러고 한 달 만에 아빠가 회사에서 잘렸다. 엄마는 목에서 피가 나도록 전화를 하고 구두 뒷굽이 닳아 없어지도록 돌아다니며 보험을 팔았고 삼 년 만에 아빠가 만든 빚을 완전히 청산했지만, 여전히 주말에도 일하며 돈을 모으는 데 여념이 없었다.

엄마와 아빠는 균형이 맞지 않는 시소에 올라타 있는 것 같았다. 아빠가 점점 미끄러져 내리는 동안 엄마는 점점 위로 올라갔다. 어느 순간부터 아빠는 아침이 아닌 저녁나절에 출근하고 새벽에 돌아왔다. 저녁에 퇴근한 엄마와 마주치지 않기 위해 일부러 밤에 일하러 나가는 듯했다. 그도 그럴 것이 엄마는 아빠와 눈만 마주쳐도 신경질을 부리고 트집을 잡았다. 엄마는 툭 하면 아빠가 풍기는 휘발유 냄새 때문에 어지러워 죽겠다며 난리를 피웠다. 실제로 아빠의 몸에서는 주유소를 떠올리게 하는 희미한 휘발유 냄새가 풍겼다. 나로 말할 것 같으면 아빠의 휘발유 냄새에 별 불만이 없었다. 나에게 그 냄새는 딱히 나쁘지도 좋지도 않은 그냥 '아빠 냄새'일 뿐이었다.

"아빠, 나 엄마 때문에 미치겠어, 진짜."

"엄마는 네 걱정하느라 그러는 거지."

"스트레스 받으면 오히려 더 많이 먹게 된단 말이야. TV에도 나왔어. 그런 증상을 스트레스성 폭식증이라고 한대."

"그러냐."

아빠는 소파에 앉아 TV를 켰다. 엄청 마른 여자 아이돌들이 엉덩이만 아슬아슬하게 덮은 미니스커트를 입고 젊은 남자 연예 인들 앞에서 춤추는 모습이 흘러나왔다. 아이돌들이 허리를 흔 들 때마다 얇은 옷감 위로 앙상한 갈비뼈가 도드라졌다. 나는 아빠 옆에 주저앉아 TV 화면을 바라보며 중얼거렸다.

"……아빠, 나 살 뺄까?"

"빼긴 뭘. 너만 하면 괜찮지."

괜찮지 않다는 걸 뻔히 알면서도 괜찮다는 말에 구원받는 기 분은 무얼까. 포악하게 날뛰는 마음속의 곰이 아빠처럼 착한 곰 인형으로 변한다. 아빠가 나를 힐끔 보더니 물었다.

"그렇게 몸매에 신경이 쓰이냐."

"나는 신경 안 쓰고 살고 싶은데 주변에서 자꾸만 괴롭히잖 아."

"그런 것 갖고 사람 괴롭히는 쪽이 나쁜 거지."

"엄마가 제일 많이 괴롭히는데?"

아빠는 뭐라고 말하다가 그냥 입을 다물었다. 나는 콧방귀를 뀌며 아빠의 등에 머리를 기댔다. 불쑥 튀어나온 아빠의 어깨뼈 가 이마에 배겨 아팠다. 아빠는 비쩍 말랐으니까 내 기분을 모 르는 거다. 나는 이마로 아빠의 등을 픽픽 들이받았다. 왜 죄 없는 아빠에게 자꾸만 심술을 부리고 싶어지는 걸까. 이것도 엄마 성격 유전인가? 그런데 또 먹을 것 앞에서는 아빠처럼 마냥 순해지잖아. 엄마 아빠의 단점만 골라서 닮았으니, 주워 온 자식은 아닌가 봐.

2

수상한 떡볶이 집

오늘도 2교시가 끝나기 무섭게 수정이랑 미화부장이랑 매점
으로 달려갔다. 나는 튀김 만두를 부지런히 입안에 쓸어 넣으면
서 짧게 줄인 치마 아래로 쭉 뻗은 수정이의 가느다란 정강이를
훔쳐보았다. 나 못지않게 매점을 사랑하는 수정이는 나와는 달
리 보기 좋게 날씬하고 키도 컸다. 함께 온 미화부장도 바람에
날아가 버릴 것처럼 말랐다. 똑같이 먹는데 나만 살이 찌다니,
세상은 불공평하다.

"너네 그거 알아? 남자애들은 여자애들이 50킬로도 안 되는
줄 알더라?"

"미친!"

미화부장이 꺼낸 이야기에 나와 짝꿍이 동시에 분개하며 외

쳤다.

"우리 미술 학원 남자애들이 그러는 거야. 야, 여자가 어떻게 50킬로가 넘냐? 50 넘으면 솔직히 돼지 아냐? 그딴 소릴 지껄이는데, 완전 짜증나 미치는 줄 알았어."

"이게 다 연예인들 때문이라니까. 걔들이 다 말랐으니까 멍청한 남자애들이 여자들 다 그런 줄 알잖아."

"그나저나, 너네 그 떡볶이 집 가 봤어? 뒷문 쪽 피아노 학원 골목에 새로 생긴 데."

나는 몸무게 이야기가 계속 이어지기 전에 화제를 바꾸었다. 수정이가 마침 생각났다는 듯 손뼉을 치며 대답했다.

"아, 거기! 애니메이션 부 애들이 그러는데, 거기에서 아랍 왕자가 일한다는데?"

"아랍 왕자?"

나와 미화부장이 동시에 소리쳤다. 짝꿍은 진지한 표정으로 고개를 끄덕였다. 나는 콧방귀를 뀌었다.

"아랍 왕자가 뭐가 모자라서 한국까지 와서 떡볶이를 파냐? 누가 그런 유치한 뻥을 쳐?"

"진짜래. 완전 잘생겼다는데? 완전 아이돌 같대."

아이돌 같다는 말에 귀가 솔깃해졌다. 하지만 이런 후진 동네 떡볶이 집에 난데없이 아랍 왕자라니, 팬픽에도 그런 설정은 잘 안 나온다.

"뻥치지 마. 잘생겼다고 다 왕자냐? 그냥 외국인 노동자겠지."

"야, 너네는 잘생긴 외국인 노동자 본 적 있어?"

짝꿍의 반문에 할 말을 잃었다. 사실 나는 외국인 노동자에 대해 잘 모른다. 어쩌다가 전철역 같은 곳에서 스치면서 본 것이 전부였다. 아마 수정이와 미화부장도 마찬가지로 외국인 노동자에 대해서는 잘 모를 거다. 어쨌거나 잘생긴 외국인 노동자는 현실에 존재하지 않을 것만 같았다.

"얼마나 잘생겼는지 구경이나 한번 해 보려고. 너네도 같이 갈래?"

아이돌처럼 생긴 아라비아의 왕자님. 문득 초등학생 때 노처녀 막내 이모한테 들은 이야기가 떠올랐다. 이모는 여고 시절에 한창 유행했던 국제 펜팔을 했는데, 펜팔 상대가 요르단인지 사우디아라비아인지의 몇 번째 왕위 계승자였다고 했다. 그 왕자는 언니의 생일 선물로 엄청나게 비싼 실크 드레스와 함께 아름답게 세공된 유리병에 사막의 모래를 가득 담아 보내 주었다나. 그 모래는 밤에 달빛을 받으면 신비로운 푸른빛을 발해서 눈을 뗄 수가 없었다는 이야기였다. 그 이야기를 전해들은 울 엄마는 나이 먹고 그따위 쉰 소리나 하고 앉았으니 시집을 못 가는 거라며 혀를 찼지만, 나는 이모의 이야기를 믿었다. 그때 이모가 왕자님의 네 번째 부인이라도 되었다면 구박 덩어리 노처녀 신세는 면했을 텐데.

"오늘 야자 땡땡이, 오케이?"

짝꿍의 제안에 나와 미화부장은 주저 없이 고개를 끄덕였다.

문구점과 분식집, 서점이 모여 있어 아침저녁으로 아이들로 북적거리는 학교 정문 앞 번화가와는 대조적으로 후문 쪽에는 아이들이 갈 만한 가게가 없었다. 후문에서 이어지는 썰렁한 골목길에는 오래된 연립주택들과 어린이집을 겸하는 허름한 피아노 학원이 있을 뿐이었다. 소문의 떡볶이 집은 피아노 학원의 바로 맞은편, 예전에는 배달 치킨 집이었던 작은 자리에 들어와 있었다. 대체 왜 그런 안 팔리는 곳에 가게를 냈을까? 그날 저녁 우리는 담임 몰래 학교를 빠져나와서 잘생긴 아랍 왕자에 대한 기대감을 가득 품고 문제의 떡볶이 집으로 향했다.

"간판 엄청 특이하다."

심해처럼 짙은 푸른색 간판이 우리를 내려다보고 있었다. '아르주만드 떡볶이'라는 희한한 이름이 눈부신 황금색 손 글씨로 쓰여 있었다.

가게 문은 활짝 열려 있었고 오색으로 빛나는 투명한 플라스틱 구슬을 꿰어 만든 예쁜 커튼이 드리워져 있었다. 문 밖으로 솔솔 흘러나오는 음식 냄새가 저녁 시간을 맞이하여 한창 굶주려 있는 나의 위장을 자극했다. 코를 벌름거리며 공기를 한껏 빨아들이자 익숙한 고추장과 라면 냄새 사이에 묘한 냄새가 섞여 있는 게 느껴졌다. 콩비지 같기도 하고, 고기 같기도 하고, 오빠

방에서 나는 구린내 같기도 한 낯익고도 낯선 냄새. 뭘까? 이 집만의 특별한 떡볶이 양념일까?

플라스틱 구슬들이 서로 부딪히며 딸랑딸랑 소리를 내는 발을 걷고 가게로 들어가자 짙은 푸른색 벽과 붉은 벽돌 색 테이블들이 우리를 맞이했다. 한쪽 벽에는 커다란 양탄자가 걸려 있었다. 손님은 우리뿐이었고, 일하는 사람도 보이지 않았다. 움츠러든 우리는 구석 자리에 앉아 두리번거렸다. 차림표는 가게 간판과 같은 황금색 손 글씨로 벽 위에 쓰여 있었다.

바그다드 즉석 떡볶이 2,500원

세라자데 군만두 1,000원

술탄 모듬 튀김 1,500원

떡/라면/쫄면 사리 추가 1,500원

"무슨 메뉴 이름이 이래?"

우리는 헛웃음을 터트렸다. 그때 깨끗한 유리잔을 서로 부딪칠 때 나는 소리처럼 맑고 높은 목소리가 가게 안에 울려 퍼졌다.

"어서 오세요!"

반사적으로 안쪽을 쳐다보자 가게 앞문과 같은 모양의 플라스틱 구슬 커튼을 걷으며 가게 주인이 걸어 나오고 있었다. 떡볶이 집 주인은 젊은 여자였다. 대학생보다는 나이가 많고, 우리 막내 이모보다는 젊어 보였다. 그리고, 깜짝 놀랄 정도로 예뻤다. 머리에는 화려한 무늬가 그려진 주황색 스카프를 두르고 소맷부리에 꼼꼼하게 금실로 수가 놓인 보라색 원피스를 입었다. 보통 떡볶이 집 아줌마라고 하면, 뭘 입고 있는지 기억에 남지 않을 정도로 대강 대충인 차림새에 시뻘건 고추장 국물이 여기저기 묻어 있는 앞치마를 두르고 있는 것이 기본 아니야? 우리는 온몸에서 찬란하게 빛을 발하는 공작새 같은 떡볶이 집 주인을 멍하니 올려다보았다.

"어떤 게 기본 떡볶이예요?"

공작새의 최면에서 맨 먼저 깨어난 것은 셋 중에서 제일 식탐이 강한 나였다. 예쁜 주인아줌마는 진지한 표정으로 대답했다.

"기본이라면 역시 바그다드지."

"그러면 바그다드 즉석 떡볶이 두 개에 라면사리 두 개, 쫄면사리 하나 추가요."

주문을 받은 주인아줌마는 우아한 포즈로 주방을 향해 몸을 돌리더니 입가에 손을 갖다 대고 낭랑하게 외쳤다.

"오마르, 오더! 바그다드 둘, 라면 둘, 쫄면 하나!"

짝꿍은 주방을 보더니 내 어깨를 치며 외쳤다.

"야! 저 사람인가 봐."

어디, 어디? 우리는 앞다투어 목을 쭉 빼고 주방 안쪽을 바라보았다. 문제의 아랍 왕자 주방장은 등을 돌린 채 부지런히 움직이고 있었다. 플라스틱 커튼에 가려 얼굴은 잘 보이지 않았다. 바그다드 즉석 떡볶이가 준비되는 동안 주인아줌마는 계산대 옆 의자에 우아하게 다리를 꼬고 앉아 'TIME'이라고 커다랗게 쓰인 영어 잡지책을 뒤적이고 있었다.

반짝이는 스팽글이 한가득 붙은 슬리퍼 아래 드러난 주인아줌마의 발톱에는 가게 벽 색깔과 비슷한 짙은 푸른색 매니큐어 칠에 자그마한 물방울 모양 보석까지 정성스럽게 붙어 있어 화려하기 그지없었다. 아무리 봐도 이 사람은 사람이 아니라 꼬리를 활짝 펼친 공작새였다.

"주인아줌마 되게 예쁘다."

"여기는 카레 떡볶이 같은 메뉴는 없나 봐?"

"멍충아, 카레는 아랍이 아니라 인도 음식이야."

주인아줌마에게 안 들리도록 작은 목소리로 수다를 떠는 와중에 문제의 바그다드 즉석 떡볶이가 나왔다. 바그다드 즉석 떡볶이는 새빨간 고추장 양념을 얹은 떡볶이에 쫄면과 라면과 가늘게 채 썬 양배추가 한 움큼 들어간, 겉보기에는 지극히 평범한 즉석 떡볶이였다. 희한한 이름과는 다르게 평범한 자태에 조금 실망스러우면서도 다행스러웠다. 제일 먼저 한 수저 뜬 수정이가 고개를 갸우뚱하며 중얼거렸다.

"맛이 좀 희한하지 않아?"

나도 수정이를 따라 국물을 한 수저 떠서 음미해 보았다. 케

첩 맛 같기도 하고, 다진 고기 맛 같기도 하고, 비지 맛 같기도
한 복잡한 맛이 고추장에 섞여 있었다. 그렇다고 해서 맛이 없다
고도 할 수 없는, 한마디로 신비로운 맛이었다. 한창 굶주려 있
던 우리는 냄비 바닥이 드러나도록 싹싹 긁어 먹었다. 냉수를 마
시며 배를 두드리던 수정이가 문득 생각난 듯 언니에게 물었다.

"저기요, '아르주만드'는 무슨 뜻이에요?"

"그건 내 이름이야. 아르주만드 민. 아랍에서 썼던 이름이지.
패션 디자이너들 보면 자기 이름을 따서 가게를 내잖아? 코코
샤넬이라든지, 이브 생 로랑이라든지, 앙드레 김 선생님이라든
지, 그런 거랑 비슷해. 이른바 브랜드 네임이라고나 할까?"

아르주만드가 자기 이름이라니. 게다가 아랍에서 살다 왔다
니. 우리는 놀라움이 찬 눈으로 가게 주인을 바라보았다. 그런데
패션 디자이너랑 떡볶이가 무슨 상관이지? 그녀는 우리 마음을
읽은 듯 덧붙였다.

"'철이네 분식'이라든가 '김가네 김밥'처럼 자기 이름을 따서
가게 이름을 잘 짓잖니? 우리 가게 이름도 그렇게 지은 거야."

"아…… 네. 아줌마는 아랍 어느 나라에서 살았어요?"

미화부장의 질문에 가게 주인은 평생 못 들을 소리를 들은
사람처럼 마구 손사래를 쳤다.

"얘 좀 봐, 아줌마라니? 두 번 다시는 아줌마라고 부르지 말
아 줄래? 혹시나 해서 하는 말인데 이모라고 부르는 건 더 안

돼! 아줌마, 이모. 이거 두 개는 우리 가게에서 금지어야, 금지어! 아르주만드 언니, 아니면 그냥 주인 언니라고 불러. 알았지?"

"아, 네."

우리가 얌전히 대답하자 주인아줌마, 아니 언니는 흥분을 가라앉히고 말했다.

"나는 어렸을 적에 이란의 테헤란에서 살다 왔어. 테헤란은 이란의 서울이란다. 세상에서 제일 아름다운 도시지. 저기 걸려 있는 양탄자도 테헤란의 바자르에서 내가 직접 사 온 거야. 사막 유목민들이 손으로 짜서 만든 오리지널 진짜배기 핸드 메이드 양탄자라고."

"우아, 끝내준다! 그런데 이란에는 왜 갔어요?"

"내가 어렸을 때 우리 아버지가 아랍에서 건설 사업을 했거든. 우리 엄마랑 나를 함께 데리고 나가셨는데, 나중에 아랍까지 쫓아온 아버지 첩한테 들켜서 난리도 아니었지."

'아버지의 첩'이라니 웬 드라마 주인공 같은 소리. 어안이 벙벙해져 있는데 주방 안에서 소문의 주인공이 앞치마에 손을 닦으며 나왔다. 우리는 호기심 가득한 눈으로 소문 무성한 주방장 아저씨의 얼굴을 뜯어보았다. 올빼미처럼 부리부리한 눈과 하늘을 찌를 듯 크고 높은 콧날, 그리고 가무잡잡한 피부. 우리 오빠 또래 정도일까? 더 나이 먹은 아저씨 같기도 하고. 외국인이라 그런지 나이를 가늠하기가 힘들었다. 좌우지간 분명히 잘생기기는 했지만 도저히 왕자님처럼 보이지는 않았다. 무엇보다도 주방장 아저씨는 키가 작았다. 기껏 해야 170센티미터 안팎일까. 여자가 몸매라면 남자는 키인데.

우리는 조용히 계산을 하고 나왔다. 여러모로 실망을 금할 길 없었다. 가게를 나오자마자 그동안 눌러 참았던 말들이 봇물처럼 터져 나왔다.

"대박 기대했는데, 그냥 보통 외국인이잖아. 키도 작고. 실망이야."

"넌 왕자라는 소릴 진짜로 믿었냐? 그리고 솔직히 그 정도면 잘생겼지."

"난 너무 시커메서 무섭던데."

작은 키에도 불구하고 며칠 사이에 주방장 아저씨를 닮은 미남 연예인들의 목록이 부쩍 늘어났다. 문을 연 지 보름도 채 되지 않아 아르주만드 떡볶이 집은 가게 밖까지 손님들이 줄을 서는 호황을 누렸다. 주인 언니 '아르주만드 민'은 매일 화려한 옷을 바꾸어 입으며 완벽한 화장과 손톱으로 무장하고 여고생들을 맞이했다. 가게가 붐비는 날이면 주방장 아저씨 '오마르'가 직접 음식을 날랐다. 오마르의 서빙 솜씨는 주인 언니보다 훨씬 빠르고 정확했다.

주인 언니는 일보다는 이야기를 훨씬 잘 했다. 틈만 나면 떡볶이 먹으러 온 아이들을 모아 놓고 드라마틱한 인생 역정을 풀어 놓는 것이 그녀의 특기였다. 드라마나 만화 뺨치는 환상적인 이야기에 아이들은 매료되었다. 때로는 헛웃음이 나오도록 황당 무계하고, 때로는 무슨 소리인지 알아듣기 힘든 이야기들이 주를 이루었다. 언니가 들려주는 이야기들의 공통점은 서울 한구석의 별 볼일 없는 동네에 사는 우리가 가 본 적도 없으며 생각해 본 적도 없는 완전히 다른 세상의 이야기라는 것이었다. 그러나 막상 눈앞에서 언니의 아름다운 얼굴을 마주하고 은쟁반에 옥구슬 구르는 듯한 목소리로 풀어 놓는 이야기를 듣노라면 흙으로 떡을 빚는다고 해도 믿을 수밖에 없었다. 아름다운 외모의 힘이란 실로 위대한 것이었다.

공작새처럼 화려하고 참새처럼 수다스러운 주인 언니와는 반대로 주방장 오마르는 수수한 옷차림에 말수가 적었다. 오마르가 우리 앞에서 주로 쓰는 한국어는 네 마디를 벗어나지 않았다. 어서 오세요, 감사합니다, 안녕히 가세요, 그리고 사장님! 주인 언니가 서빙을 잘 못할 때마다 그는 근엄한 목소리로 "사장님!"이라고 외쳤다. 그럴 때의 오마르에게서는 주인 언니보다 훨씬 더 가게 주인다운 위엄이 풍겼다. 정말 왕자인지도 모를 노릇이었다.

무성한 소문 속에 아르주만드 떡볶이 집은 꾸준히 손님을 끌어모았다. 간판 메뉴인 바그다드 즉석 떡볶이의 고추장에 섞인 정체불명의 양념에는 중독성이 있었다. 매점 떡볶이에서는 느낄 수 없는 그 기묘한 맛에 단단히 매료된 나는 일주일에 두 번은 아르주만드 떡볶이 집을 찾았다.

야간 자율 학습을 마치자 밤 9시가 훌쩍 넘었다. 짝꿍과 야자를 땡땡이치고 떡볶이를 먹을 생각이었지만 요즈음 들어 교문 주변의 경계가 삼엄해져서 땡땡이를 칠 수 없었다. 오늘도 어김없이 교문 앞에는 교무주임과 국사 선생님이 뒷짐을 지고 서 있었다. 학교 근처에서 흉흉한 이야기가 도는 탓이었다. 검은색 승용차를 모는 정체불명의 남자가 밤중에 혼자 집으로 가는 여고생들을 소리 없이 쫓아가다 차 안으로 끌어들여 몹쓸 짓을 한다는 소문이었다.

다행히 우리 학교에는 아직 변을 당한 아이가 없었지만, 이웃 동네 여중에서 피해자가 두어 명 생겼다는 소문이 들려왔다. 우리 학교가 있는 번화가에서는 아파트 단지가 버스 세 정거장 정도 떨어져 있고, 언덕배기에 자리 잡은 오래된 연립주택 단지로 이어지는 후문 쪽 뒷골목에는 밤늦게까지 문을 여는 가게가 거의 없고 인적도 드문 탓에 충분히 그런 흉흉한 이야기가 나돌 만했다.

"조심해라. 집에 갈 때는 서너 명씩 모여서 가고, 서로 손 잡고 다니고. 휴대폰 잘 챙기고!"

국사 선생님이 신신당부했다. 도자기처럼 매끈매끈한 피부가

42

매력 포인트인 국사 선생님은 잘생긴 얼굴과 매너 있는 성격 덕분에 아이들 사이에서 인기 최고였다.

"박세아, 너는 든든해서 안 잡혀가겠다."

그에 비하면 교무주임 저 인간은 얼마나 재수 없는지 몰라. 나는 어둠을 틈타 교무주임을 죽어라 노려보았다. 교무주임과 나는 구면이었다. 수업 종이 울리고 나서도 매점에 죽치고 있다가 교무주임에게 걸려 혼난 적이 한두 번이 아니었기 때문이다. 자기는 발 냄새나 풍기고 다니는 주제에. 교무주임이 들어오는 수업 시간이면 둘째 줄까지 청국장 냄새가 진동을 했다.

"박세아, 네가 같이 가는 애들 좀 지켜 줘라."

교무주임이 농담이랍시고 하는 말에 화가 치솟았다. 그럼 난 누가 지켜 주는데? 몸무게가 친구들보다 많이 나간다는 이유로 발에서 청국장 냄새 풍기는 선생님한테 이런 취급을 당해야 하다니. 억울하다 진짜.

다음 날, 모의고사 성적이 나왔다. 내 점수는 지난번 모의고사보다 20점 넘게 추락했다. 안 그래도 어제 교무주임이 한 소리 때문에 기분 별로였는데 두 배로 우울해지면서 몽쉘통통이 몹시 먹고 싶어졌다. 나는 기분이 명하는 대로 매점에 가기로 마음먹었다. 쉬는 시간이 별로 남지 않아 급하게 복도를 뛰어가다가 마주 걸어오던 아이의 어깨에 픽 하고 부딪혔다.

"아!"

쳇소리를 지르며 복도에 나자빠진 아이의 얼굴이 낯익었다. 나는 얼떨결에 넘어진 아이에게 손을 내밀어 일으켜 주었다. 그 아이는 내 손을 탁 뿌리치더니 바닥에 떨어진 토익 참고서를 주워들며 웅얼거렸다.

"앞 좀 제대로 보고……."

"응? 뭐라고?"

목소리가 모기만 해서 잘 안 들렸다. 그나저나 얘 어디서 본 얼굴인데. 누구였더라?

"아……. 3등?"

나랑 부딪힌 애는 우리 학교 전교 3등으로 유명한 애였다. 시험 석차는 따로 공개되지 않지만 전교 1등부터 얼추 10등까지 공부 잘하는 애들이 누군지는 알음알음으로 다들 알았다. 울긋불긋 여드름이 수놓은 넓은 이마에 송충이처럼 숱 많은 눈썹이 인상적인 전교 3등은 내 혼잣말에 비쩍 마른 어깨를 움찔 떨며 나를 노려보았다. 두툼한 안경알 너머 퀭한 두 눈에서는 도깨비불 비슷한 것이 이글이글 타오르고 있었다. 그 눈빛을 보자 문득 옛날에 할아버지가 키웠던 검둥이가 떠올랐다. 검둥이는 발바리에 도베르만의 피가 섞인 잡종이었는데, 조그마한 게 무척 사나웠다. 귀엽다고 손을 내미는 사람들에게 되레 이빨을 드러내며 으르렁거리곤 했지. 검둥이는 목욕을 시키려고 목줄을 풀어 놓은 사이 마실 나온 동네 꼬마의 다리를 물어뜯는 사고를 치고 개장수한테 팔려 가고 말았다. 전교 3등의 눈빛은 어째 그 검둥이의 눈빛과 똑 닮았다. 내가 빤히 마주 쳐다보자 전교 3등 은 고개를 푹 수그리고 참고서를 품에 안고 도망치듯 가 버렸다.

이렇게 쓸쓸한 날에 어른들은 소주를 마시겠지만 우리는 햄 버거나 떡볶이를 먹으며 속풀이를 해 줘야 한다. 수업이 끝나자 마자 나는 나 못지않게 성적이 떨어진 수정이랑 아르주만드 떡볶 이 집으로 향했다. 후문을 나올 때부터 화장실이 급하다고 아우 성을 치던 수정이는 가게에 들어오자마자 가방을 던지고 부리나 케 화장실로 뛰어갔다. 나는 혼자 메뉴를 고르다가 계산대 옆 유 리창 아래쪽에 낯선 광고문 한 장이 붙은 것을 발견했다. 지난번 에 왔을 때에는 보지 못했던 광고문이었다. 아래와 같은 내용이 붉은색과 노란색 형광펜으로 알록달록하게 쓰어 있었다.

아르주만드 뷰티 살롱
당신의 잠재된 아름다움을 발굴해 드립니다.

페르시아 수천 년의 신비의 미용 비법을 전수!
몸매 관리, 피부 관리, 성격 관리의 삼위일체를 한 번에!
1회 수강료 5천 원. (총 3개월 코스)
현금 결제시 할인 가능.

이상하다. 아무리 봐도 이상해. 이상하다고 생각하는 것은 나 뿐만이 아닌 듯, 옆 테이블 아이들도 광고문을 손가락질하며 낄

낄대고 있었다. 떡볶이와 뷰티 살롱이라니 안 어울려도 너무 안 어울리잖아. 하지만 나는 다른 아이들처럼 광고를 쉽사리 웃어 넘길 수 없었다. 호기심이 자꾸만 솟아났다. 몸매, 피부, 성격까지 한 번에 관리해 준다는 페르시아 전통 미용 비법이란 뭘까? 덴마크 다이어트나 마녀 수프 다이어트보다 효과적일까? 예쁘고 날씬한 주인 언니가 가르쳐 준다면 확실히 남다른 효과가 있을지도 모른다. 하지만 여기는 미용실도 피부 관리실도 아닌 학교 앞 떡볶이 집인걸.

이런저런 생각을 하다가 무심코 창밖을 본 나는 기겁했다. 창가에 귀신이 들러붙은 줄 알았다. 귀신이 아니라 낮에 복도에서 마주쳤던 전교 3등이었다. 전교 3등은 유리창에 얼굴을 바짝 들이대고 송충이 눈썹을 팔자로 잔뜩 좁히고서 광고문을 뚫어지게 바라보고 있었다. 쟤는 진짜 음침하다니까. 나는 광고문과 전교 3등에게서 시선을 돌렸다.

떡볶이 집에 붙은 이상한 광고 이야기는 아이들 사이에서 빠르게 퍼져 나갔다. 떡볶이 집에서 난데없이 뷰티 살롱을 여는 주인 언니의 정체에 대한 의문, 그리고 누가 그런 수상쩍은 미용 강의를 들을 것인가에 대한 의문이 넘실거렸다. 아무런 보증도 설명도 없이 미용 비법을 전수한다니, 미심쩍잖아. 동네 미용실만 가도 원장 선생님의 '무슨 무슨 페스티벌 금상 수상' 기념사진이나 미용 아카데미 수료증 같은 것들이 보란 듯이 액자에 걸려 있는데 말이지.

시간이 흐르고 광고문의 색이 바랠 무렵, 아이들 사이에는 새로운 소문이 퍼지기 시작했다.

"야, 1학년 중에 걔 알지? 한유민. 지난주에 학교 그만두고 송학 예고 연영과로 전학 간 애 말이야."

"한유민? 알지. 얼짱이잖아. 걔가 왜?"

"걔, 얼마 전까지만 해도 통통하고 평범했대. 몸무게가 60 넘었다는데?"

"성형한 거 아냐? 아니면 뽀샵했거나. 얼짱 애들 뽀샵 수정 대박 많이 하잖아."

"아냐. 한유민은 실제로 봐도 완전 예쁘다던데? 아무튼 진짜 재미있는 게, 걔가 몇 달 전부터 거기에 다녔다는 거야."

"거기라니?"

"뒷문에 있는 아르주만드 떡볶이 집 말이야. 한유민 걔가 거기를 일주일에 네다섯 번은 갔다는 거야."

"한유민이 떡볶이 집을 다녔다고?"

나는 깜짝 놀라 소리쳤다. 수정이는 침을 튀기며 말을 이었다.

"거기에 무슨 뷰티 살롱 어쩌고 하는 광고지 붙어 있었잖아? 거기에서 강의 듣더니 애가 하루하루 달라지더래. 한 이 주일 만에 살이 쫙쫙 빠지더니 피부도 좋아졌다더라. 그러더니 바로 사진 찍고 얼짱 대회 나가서 1등 먹은 거 아냐. 연예인들 많이

다니는 학교로 전학 갔으니 머지않아 데뷔도 하겠지."

집에 가자마자 인터넷으로 한유민에 대한 정보를 검색했더니 최근 두 달 동안 올라온 사진 자료 수십 건이 모니터 화면을 수놓았다. 만화 주인공처럼 작고 귀여운 얼굴이었다. 이런 애가 원래는 나처럼 통통하고 평범했다니 믿을 수 없었다. 뷰티 살롱에서 이렇게 예뻐졌다고? 하지만 한유민 말고는 뷰티 살롱에 다녔다는 아이의 소문은 전혀 들어 본 적이 없었다. 하긴 나라도 친구들한테 그런 데 다닌다는 말은 절대 못 할 거다. 창피하니까.

하지만 한유민처럼 예뻐질 수만 있다면 얼마나 좋을까. 아무리 창피하더라도 참을 수 있을 거다. '이 주일 만에 살이 쫙쫙 빠지더라'는 수정이의 말이 머릿속을 끊임없이 맴돌았다. 일 회 오천 원으로 계산하면 한 달에 대략 사만 원······. 나도 모르게 진지하게 머릿속으로 수강료를 계산하다가 깜짝 놀라 그만두었다.

엄마는 이번 주말부터 보습학원 주말 반을 등록하라고 명령했다. 지난번 모의고사에 이어 중간고사까지 보기 좋게 말아먹었더니 위기감을 느낀 모양이었다. 공부 잘하는 건 포기했으니 살이나 빼라 그럴 땐 언제고. 노는 토요일이지만 전혀 즐겁지 않은 기분으로 잠에서 깨어난 나는 부엌으로 나가 냉장고를 열고 우유를 팩째로 들이켰다.

"컵에 따라 마셔라, 좀!"

어쩐지 냉장고 문 열 때까지 너무 조용하다 했지. 엄마가 거실에 앉아 빨래를 개고 있었다. 나는 손등으로 입가에 묻은 우유를 닦으며 되물었다.

"엄마 오늘 회사 안 갔어?"

"오늘은 안 가. 그나저나 너…… 어째 그사이에 더 찐 것 같다?"

나는 참지 못하고 우유팩을 싱크대로 내던져 버렸다. 엄마도 동시에 개던 옷을 내던지고 눈을 부라렸다. 나는 악을 썼다.

"공부하느라 살 뺄 시간이 없단 말야! 일주일 내내 학교 다니고, 이제는 주말에도 학원 다녀야 하는데 어떻게 살을 빼?"

"허이고, 누가 들으면 전교 1등 하는 딸내미 둔 줄 알겠네. 살 뺄 생각 없으면 공부라도 열심히 해야지!"

말로 먹고사는 엄마와의 승부는 끝이 뻔했다. 덧붙여 엄마의 말에는 무소불위의 위엄이 있다. 엄마는 44사이즈고, 우리 집에서 제일 일찍 일어나 머리를 말고, 날씬한 몸에 딱 맞는 원피스를 입고, 이태원에서 특별 주문한 A급 명품 짝퉁 가방을 메고, 깨끗하게 닦아 놓은 정장 구두를 신고 출근한다. 말하자면 우리 집에서 '사람 구실'을 하는 사람은 엄마뿐이었다. 그것은 우리 가족 모두가 인정하는 사실이었다.

"내가 그렇게 뚱뚱해?"

"그럼 뚱뚱하지, 날씬하니?"

엄마는 부르짖듯이 되물었다.

"여자애가 65킬로씩이나 되는 게 말이나 돼? 동창 모임 나가면 딸 가진 엄마들은 딸내미랑 주말마다 백화점 쇼핑 다니는 게 낙이라더라. 나도 남들처럼 딸한테 예쁜 옷 한 벌 사다 주고 싶어도 맞는 사이즈가 없잖니! 여자한테는 외모도 재산이야. 젊을 때부터 부지런히 갈고 닦아야 한다고. 그래야 늙어서 엄마처럼 고생 안 한다고 몇 번을 말해야 알아들어, 응?"

또 시작이야. 저러다 신세타령으로 넘어가고 아빠 욕으로 마무리를 짓겠지. 초등학교 5학년 이래로 단 하루도 빠짐없이 살 빼라는 말을 듣고 사는 게 얼마나 지겹고 창피하고 짜증 나는 일인지 엄마는 죽어도 모를 거면서. 가슴속이 먹먹하니 차오르며 목구멍 안쪽이 뜨거워졌다. 나는 눈물을 참고 소리 질렀다.

"어차피 엄마는 돈 아낀다고 혼자서도 백화점 잘 안 가잖아? 그리고 엄마 잔소리 때문에 스트레스 받아서 더 먹게 되는 거 알아? 진짜로 나 살 빼는 거 도와주고 싶으면 잔소리 그만해!"

"엄마 핑계 대지 마. 그건 네가 의지박약이라서 그런 거야."

엄마는 싸늘하게 말했다. 나는 그만 말문이 막혀 버렸다. 의지박약이라는 네 글자가 날카롭게 모서리 진 조각이 되어 나를 사정없이 찔러 대었다. 나 같은 뚱보가 무슨 말을 할 수 있겠어. 44사이즈인 우리 엄마 앞에서.

방문이 열리고 오빠가 바지춤을 추어올리며 부엌으로 나왔다. 저 인간은 하필 이런 타이밍에 눈치 없이 기어 나온담. 오늘도 자칭 신성한 경제 활동을 하느라고 꼴딱 밤을 새웠는지 안색이 방금 관 뚜껑을 열고 나온 시체 같았다. 오빠는 테이블에 털썩 주저앉더니 엄마와 내 사이에 끼어들었다.

"여자가 60킬로 넘으면 그건 여자이기를 포기한 거지."

"오빠는 뭔데 참견이야?"

날카롭게 쏘아붙였지만 오빠는 들은 척 만 척 계속 이야기했다.

"우리 길드에 유일한 여자 공대장이 있는데, 셀카 사진으로만 보면 거의 연예인 수준으로 미녀였다 이거야. 그러다가 지난달에 처음으로 길드 정모를 했거든. 거기에 그 여자애도 나왔는데, 솔직히 얼굴만 따로 떼 놓고 보면 예뻤어. 그런데 어이쿠. 무슨 멧돼지가 따로 없더라고. 얼굴이 아깝더라니까. 살만 빼면 연예인 뺨칠 텐데 말이야. 아무튼 다 함께 고깃집에 갔는데 이 여자애가 먹기는 또 얼마나 먹어 대던지, 앉은자리에서 삼겹살 오인분을 먹어 치우더라. 덕분에 그날 회비가⋯⋯."

"그러게, 얼굴이 아무리 예뻐도 뚱뚱하면 이목구비가 다 살에 묻힌다니까."

엄마와 오빠는 입을 모아 나를 향해 소리쳤다.

"억울하면 살 빼!"

궁지에 몰린 나는 방으로 뛰어 들어갔다. 서러워서 눈물이 솟았다. 날씬한 인간들끼리 잘 먹고 잘 살아라! 약 삼 초 만에 가출을 결심한 나는 옷장에서 청바지를 꺼내 입었다. 그사이에 또 살이 쪘는지 바지 지퍼가 반쯤 올라가다가 멈추었다. 온 힘을 다해 지퍼를 위로 끌어 당겼지만 소용없었다. 힘없이 벌어진 지퍼 사이로 불룩 튀어나온 아랫배가 상냥하게 인사를 건넸다.

─안녕, 뚱땡이?

"닥쳐!"

나는 옷핀으로 벌어진 바지춤을 대충 고정하고 지갑만 덜렁 들고 집을 나갔다. 엄마가 뒤통수에 대고 뭐라 뭐라 소리를 질렀지만 들리지 않았다. 나는 줄줄 흐르는 눈물을 닦으며 무작정 걸었다. 온 세상에게서 버림받은 기분이었다. 걷고 또 걸어 학교 근처까지 왔다. 가출이랍시고 집 나와서 온 곳이 고작 학교 앞이라니. 게다가 배 속에서는 천둥 치는 소리가 났다. 가출이고 뭐고 일단 먹고 살아야겠다. 나는 집 나온 지 한 시간도 안 되어 학교 근처에서 나에게 가장 익숙한 장소인 아르주만드 떡볶이집으로 향했다.

노는 토요일의 떡볶이 집은 텅 비어 있었다. 문만 열어 놓은 채 주인 언니도 주방장 아저씨도 보이지 않았다. 나는 자리에 앉아 무작정 주인 언니를 기다렸다. 한참 동안 기다리다가 포기하고 일어서려는 찰나, 안쪽 문이 열리고 주인 언니가 나타났다.

"저 바그다드 떡볶이 하나 주세요."

"어쩌나. 우리는 주말에는 떡볶이 안 팔아."

"네? 왜요?"

떡볶이 집에서 떡볶이를 안 판다니 이게 무슨 말도 안 되는 소리람. 언니는 엄지손가락으로 유리창에 붙은 광고문을 가리키며 진지하게 말했다.

"왜냐하면 여기는 이번 주부터 주말마다 뷰티 살롱으로 변신할 예정이니까."

언니는 한쪽 눈을 찡긋하며 웃었다.

"하지만 아직 회원이 없으니까, 오늘만 특별히 만들어 줄게."

"아…… 네, 고맙습니다."

"참, 얼굴부터 좀 닦아. 눈곱 끼었다, 애."

주인 언니의 말에 정신이 번쩍 들며 창피함이 몰려왔다. 나는 테이블 한 켠에 놓인 냅킨을 뽑아 눈가와 코를 벅벅 문질렀다. 그러자 언니가 소스라치며 나에게 달려들었다.

"안 돼!"

내 손에서 냅킨을 낚아챈 언니는 계산대로 달려가더니 크리넥스 티슈를 꺼내 들고 왔다. 그러고는 티슈를 한 장 뽑아 내 얼굴을 닦아 주며 소리쳤다.

"그렇게 거친 휴지로 피부를 아무렇게나 문지르면 대재앙이 일어나! 이제부터 얼굴에 쓰는 휴지는 반드시 크리넥스를 써. 알았지?"

언니가 친절한 유치원 선생님처럼 눈물 콧물을 꼼꼼히 닦아

주는 동안 나는 멍청하니 우리 집에 쌓여 있는 주유소 휴지 생각을 했다.

"다 됐다. 조금만 기다려. 떡볶이 갖다줄게."

언니는 주방에 들어가 직접 요리를 시작했다. 십 분이 넘게 지난 후에 언니는 손등으로 이마에 맺힌 땀을 훔치며 떡볶이를 들고 나왔다.

"미리 얘기하는데, 맛이 좀 별로일 거야."

배고파 죽겠는데 맛없을 리가 없다. 그런데 가래떡 한 개를 포크로 찍어 입에 넣자마자 나도 모르게 표정이 구겨졌다. 떡볶이는 심각하게 맛이 없었다. 떡은 설익어 딱딱하고 국물은 너무 싱거웠다. 언니는 내 표정을 보더니 어깨를 으쓱했다.

"미안. 사실 나는 평생 요리를 거의 해 본 적이 없어."

떡볶이 집 주인이 요리를 해 본 적이 없다고? 기막혀 바라보는 나에게 언니는 생긋 웃으며 말했다.

"이 가게를 연 건 순전히 오마르의 요리 솜씨 덕분이었지. 원래 오마르는 파키스탄의 유서 깊은 이슬람 성직자 가문 출신 장교야. 오마르는 고위 장교였던 부친과 함께 파키스탄 내전에 참여했다가 정적의 모함을 당하는 바람에 조국을 떠날 수밖에 없었어. 그 뒤로 중앙아시아의 여러 나라를 건너다니며 도망을 다니는 와중에 먹고살기 위해 요리를 배웠지."

"우와, 주방장 아저씨가 장교였다고요? 그렇게 대단한 사람이 어쩌다가 우리나라에서 떡볶이를 만들고 있어요?"

"모든 것이 내 고집 때문이었지…… 미안하게도."

주인 언니는 여배우처럼 아련한 표정으로 창문 밖을 바라보았다. 소주 상표가 그려진 앞치마를 두르고 국자로 떡볶이 국물을 휘젓는 오마르가 유서 깊은 집안 출신의 장교라니. 주인 언니가 아련한 표정으로 추억을 되새기는 동안 나는 단무지의 힘을 빌려 맛없는 떡볶이를 남김없이 먹어 치웠다. 배를 채우고 나니 기분이 한결 나아졌다. 나는 볼록해진 배를 두드리며 창밖을 바라보았다. 뷰티 살롱 회원 모집 광고는 색이 누레지고 귀퉁이가 구겨진 채로 여전히 유리창 아래쪽에 붙어 있었다.

"저기, 아르…… 뷰티 살롱에서는 뭘 가르쳐 주는데요?"

왜 하필이면 그날, 그 순간에, 그런 질문이 튀어나왔을까? 다른 날이었으면 그럴 기분은 전혀 들지 않았을 텐데.

주인 언니는 내가 묻기만을 기다렸다는 듯이 눈에서 광채를 발하며 대답했다.

"아르주만드 뷰티 살롱에서는 스스로 아름다워지기 위한 모든 방법을 알려 준단다."

"스스로?"

"나는 방법을 가르쳐 줄 뿐. 배운 것을 실천하는 건 온전히 배우는 사람 스스로의 의지니까."

"저 같은 의지박약은 힘들겠네요."

"의지박약이라니, 그런 소리 말렴. 첫 발자국 떼기는 누구에게나 힘든 법이야. 네 스스로 의지를 발휘할 수 있도록 도와주는 게 내가 하는 일이라니까."

언니는 내 얼굴을 빤히 바라보며 말했다. 확신으로 가득 찬 커다랗고 아름다운 눈동자가 빛을 발했다. 갑자기 그녀의 눈동자 속에서부터 이상한 환상이 펼쳐졌다.

활짝 열린 문에 걸린 플라스틱 발이 바람에 흔들리며 신비로운 음악 소리를 냈다. 가을 햇빛이 플라스틱 보석들을 통과해 색색의 아름다운 빛으로 산개했다. 수십 수백 개의 빛 조각들은 붉은 테이블과 푸른 벽과 페르시아 양탄자를 수놓으며 춤을 추었다. 어디선가 바람을 타고 들어온 이국적인 향기가 가게 안을 부드럽게 휘저었다. 나와 언니가 마주 앉아 있는 작은 공간은 더 이상 떡볶이 집이 아니었다.

나는 반쯤 정신을 잃은 채 입을 열었다.

"한 회당 수강료가 오천 원이면, 삼 개월 코스는 전부 얼마예요?"

"보자. 일주일에 두 번 강의하니까, 전부 해서 석 달이면……."

주인 언니는 엄청 빠른 손놀림으로 휴대용 계산기를 두드리더니 나에게 계산기를 직접 보여 주었다. 삼 개월에 십이만 원. 큰돈이다. 나는 기어 들어가는 소리로 물었다.

"어, 얼마까지 되는데요? 할인이요."

주인 언니는 생긋 웃으며 되물었다.

"돈이 얼마나 모자라는데?"

잠시 후 나는 아르주만드 떡볶이 집을 나왔다. 떡볶이 집을 뒤로하고 걷던 나는 발걸음을 멈추었다. 뒤를 돌아보면 떡볶이 집이 거짓말처럼 사라지고 없을 것 같은 이상한 생각이 들어서였다. 달빛 아래 푸르게 빛나는 아라비아 사막의 신기루처럼. 심호흡을 하고 뒤돌아보았지만 떡볶이 집은 여전히 그 자리에 있었다. 깊은 바다 색 간판에 쓰인 황금빛 글씨가 유혹하듯이 반짝였다. 아르주만드 뷰티 살롱, 아름다움을 약속하는 미의 궁전.

맥도날드와 PC방을 전전하다가 저녁 늦게 집으로 돌아가는 것으로 나의 첫 가출은 막을 내렸다. 집에 돌아간 나는 엄마에게 진공청소기와 국자 등 다양한 도구로 등짝을 맞으며 새벽 1시까지 잔소리를 들어야 했다.

찔찔 눈물 흘리다 잠든 그날 밤에 나는 꿈을 꾸었다. 꿈속에는 끝도 없이 넓은 사막이 등장했다. 짙푸른 밤하늘에는 쟁반만 한 보름달이 두 개나 떠 있었고, 나는 맨발로 새하얀 모래 위를 걷고 있었다. 저만치 있는 모래 언덕 위에는 허리와 배꼽을 노출한 아라비아 무희 복장을 한 떡볶이 집 주인 언니가 서 있었다. 언니는 부러질 듯 가느다란 허리 위에 두 손을 얹고 활짝 웃고 있었다. 언니 옆에는 머리에 커다란 터번을 두른 주방장 아저씨 오마르가 황금과 비단으로 치장한 낙타의 고삐를 쥐고 서 있었다. 나는 모래 위를 걸어 그들을 향해 나아갔다. 내가 가까이 가자 주인 언니의 얼굴이 게임 속 캐릭터처럼 스르르 변했다. 변한 언니의 얼굴은 다름 아닌 내 얼굴이었다.

"으악!"

나는 외마디 비명을 지르며 잠에서 깨어났다. 뒷덜미가 땀으로 축축했다. 화장실로 달려가 불을 켜고 거울을 들여다보았다. 거울 속에는 통통한 내 몸과 둥글둥글한 내 얼굴이 그대로 있었다. 꿈이었구나. 나는 잠옷 셔츠를 들추고 튀어나온 아랫배를 노려보았다. 그러자 아랫배가 평소보다 약간 냉정을 잃은 듯한 어조로 말을 걸어왔다.

—이봐, 잘 자다 일어나서 웬 봉창 두드리는 짓이야?

—시끄러워. 네가 알 바 아냐.

—혹시나 해서 하는 말인데, 괜히 이상한 생각 하지 말라고.

—무슨 이상한 생각?

—너 진짜로 그런 되도 않는 분식집에서 날씬해질 거라 믿어?

아랫배는 배꼽을 오물거리며 한껏 비아냥거렸다. 나는 손가락으로 힘껏 아랫배를 비틀어 꼬집었다. 아랫배가 고통에 찬 비명을 올렸다.

—아! 왜 이래! 날 괴롭히지 마!

나는 못 들은 척 사정없이 계속 꼬집어 뜯었다. 아랫배는 뱃살을 동서남북으로 꿈틀거리며 내 손가락을 피하려고 애쓰며 저주를 퍼부었다.

―넌 절대 안 돼! 절대 날씬해지지 못할 거라고! 두고 보시지, 어림도 없어!

―웃기지 마. 나도 할 수 있어. 나도 날씬해질 수 있다는 걸 보여 줄 거야.

꿈속에서 본 주인 언니의 날씬한 허리가 눈앞에 계속 아른거렸다. 예뻐지고 싶다. 날씬해지고 싶다. 신비로운 사막에서 온 주인 언니의 마법은 퉁퉁한 내 허리도 부러질 듯 잘록하게 만들어 줄 거다.

나는 결심을 굳히고 다음 날 엄마에게 말했다.

"엄마 나한테 말한 거 기억나? 돈 줄 테니 살 빼라고 한 거."

"뭐?"

엄마는 식은 김치찌개를 먹다 말고 이게 또 무슨 헛소리를 하나, 싶은 표정으로 날 바라보았다. 나는 엄마를 향해 손바닥을 불쑥 내밀었다.

"돈 줘. 살 뺄 테니까."

"얘가 갑자기 왜 이래?"

"앞으로 석 달 동안 살 쫙 빼서 예뻐질 거야. 그러니까 딱 십만 원만 보태 줘."

엄마는 수저를 내던지고 벌떡 일어나더니 코뿔소처럼 나를 향해 돌진했다. 나는 달려드는 엄마를 피해 마루로 달아나며 고래고래 소리를 질렀다.

"언제는 돈 줄 테니까 살 빼라면서?"

"이제는 너까지 돈 갖고 속을 썩여? 돈 십만 원이 뉘 집 강아지 이름인 줄 알아? 너한테 들어가는 학원비만 해도 얼마인 줄 알아? 한 달에 십오만 원이야, 십오만 원!"

"엄마가 준다고 할 때는 언제고 십만 원도 못 줘?"

"요 계집애가 매를 덜 맞았지!"

엄마가 진공청소기를 움켜쥐고 덤벼들었다. 예상은 했지만 엄마에게 돈을 타내는 건 불가능했다. 그렇다면 남은 것은 아빠다.

그주 일요일, 나는 엄마가 집을 비운 틈을 타서 아빠를 꼬드겨 보기로 마음먹었다. 아빠는 거실 양지 바른 곳에 앉아 손톱을 깎고 있었다. 나는 아빠의 어깨에 철썩 들러붙어 최대한 어리광 부리는 목소리를 뽑아냈다.

"있잖아, 아빠. 나 부탁이 있는데."

아빠는 신문지 위에 흩어진 새까만 손톱을 손바닥으로 한데 쓸어 모으며 대답했다.

"뭔데?"

"살 좀 빼고 싶은데, 돈이 필요해."

"돈이라니, 얼마나 필요한데?"

"십만 원. 원래는 십이만 원인데, 선생님이 특별히 십만 원으로 깎아 줬어. 전부 석 달 코스고, 한 달에 사만 원도 안 되니까 학원치고는 엄청 싼 거잖아?"

돈 이야기에 아빠는 손톱깎이를 내려놓고 나를 가만히 바라보았다. 딱히 거짓말을 하는 것도 아닌데 가슴이 마구 두근거렸다.

"뭐냐, 헬스장 같은 데냐?"

"으…… 응. 그런 거랑 비슷해. 미용 교실. 거기서 수업 듣고 얼짱 된 애도 있대."

"믿을 만한 곳이냐?"

나는 잠시 망설이다가 고개를 힘차게 끄덕였다.

"응."

아빠는 고개를 끄덕이고는 출근할 때 입는 점퍼 주머니에서 만 원짜리 지폐 몇 장을 꺼내 한 장 한 장 세어서 건네주었다. 받아 든 지폐에서 희미하게 휘발유 냄새가 풍겼다. 돈에 배어 있는 아빠의 고생이 느껴져 마음이 아팠다. 이 돈을 벌기 위해 아빠는 얼마나 많은 자동차에 기름을 넣었을까. 나는 미적미적 돈을 접어 주먹 안으로 감추고 되물었다.

"나머지 오만 원은?"

"나머지는 내일 줄게. 오늘은 가진 돈이 그것뿐이다."

다음 날 아빠는 약속대로 나머지 오만 원을 주었다. 엄마가 아무리 무시해도 아빠는 나의 구세주였다. 나는 그날 곧장 혼자 야자를 땡땡이치고 아르주만드 떡볶이 집으로 달려갔다. 어색하고 촌스러운 광고문 앞에서 나는 마지막으로 심호흡을 했다. 들어갈 것이냐, 말 것이냐.

—네가 진짜로 할 수 있을 것 같아?

아랫배의 비아냥에 정신이 번쩍 들었다. 나는 아랫배를 내려다보며 으르렁거렸다.

—시끄러워. 나는 꼭 예뻐지고 말 거야.

—어디 한번 해 보시지. 의지박약!

나는 교복 치마를 가슴 바로 아래까지 추어올려 아랫배의 입을 다물게 만들고 떡볶이 집으로 들어갔다. 가게는 변함없이 아이들로 북적거렸다. 나는 아이들에게 들리지 않도록 최대한 목소리를 죽이고 말했다.

"언니! 저 뷰티 살롱 수강 신청할게요."

"어머나, 마침 딱 한 자리만 남아서 슬슬 그만 받을까 하던 참이었는데. 너 진짜 운 좋다!"

언니가 엄청나게 반가운 표정을 하고 두 손으로 무릎을 내려치며 호들갑을 떠는 바람에 떡볶이를 먹던 아이들이 한꺼번에 이쪽을 쳐다보았다. 으악, 창피해. 그나저나 뷰티 살롱에 나 말고 또 다른 회원들이 있다니, 믿을 수가 없었다. 가방에 고이 숨겨 놓은 돈 봉투를 꺼내어 주자 언니는 우아한 손짓으로 봉투를 잡은 내 손을 밀어내며 말했다.

"돈은 수업 첫날에 줘도 돼. 그리고 첫 수업은 이번 주 토요일 오후 6시부터야. 알았지?"

"네. 따로 준비할 건 없나요? 옷은 어떻게 입고 가요?"

"그냥 편한 복장이면 돼. 아름다움을 향한 의지만 가득 품고 오라고. 나머지는 이 언니가 천천히 가르쳐 줄 테니까."

그렇게 나는 아르주만드 뷰티 살롱의 마지막 회원이 되었다.

3

주말 뷰티 살롱

토요일 오후 5시 50분. 나는 학교 체육복을 입고 아르주만드 떡볶이 집으로 향했다. 주중과는 달리 굳게 닫힌 문 한가운데에는 예쁘장한 카페에나 걸려 있을 법한 'CLOSED'라는 영어 팻말이 걸려 있었다. 주인 언니가 미리 가르쳐 준 대로 문을 두드리자 문이 열렸다.

"어서 들어와."

안으로 들어가자 강렬한 향이 코를 찔렀다. 계산대 위에 놓인 작은 항아리에 꽂힌 향 막대 여러 개가 가느다란 연기를 피워 올리고 있었다. 테이블과 의자는 치워지고 한쪽 벽에 걸려 있던 양탄자가 바닥에 깔려 있었다. 테이블과 의자가 없는 가게 안은 평소와 달리 상당히 넓어 보였다. 언니는 어느 때보다도 화려한 차림새로 무장하고 있었다. 몸에 착 달라붙는 검은 원피스를 입고 양팔에는 보석이 박힌 팔찌를 여러 개 꼈다. 귓불에 매달린 커다란 황금 귀걸이가 이리저리 흔들리며 빛을 발했다. 게임에 나오는 여자 마법사 같은 모습이었다.

"먼저 온 친구랑 인사 나누고 있어. 나는 준비 마치고 나올 테니까."

그렇게 말하고 주인 언니는 주방 옆에 딸려 있는 뒷방으로 들어갔다. 그제야 가게 제일 안쪽 구석 정수기 옆에 놓인 의자에 앉아 있는 자그마한 체구의 아이가 눈에 띄었다. 주인 언니가 말하지 않았다면 거기 사람이 있는지도 몰랐을 거다. 아니, 정확히는 그 애의 얼굴에 돋아난 여드름을 알아 본 나는 깜짝 놀랐다. 전교 3등이었다.

"어, 음, 안녕."

별로 할 말은 없지만 먼저 인사를 건넸다. 그러자 전교 3등은 들릴락 말락한 목소리로 안녕, 한마디만 하더니 손끝으로 이마에 돋아난 여드름을 매만지며 주변을 불안하게 두리번거렸다. 쟤는 무엇 때문에 여기 왔을까? 엄청 말랐으니 다이어트는 아닐 테고, 피부가 고민인 걸까?

"그런데 너는 어쩌다가 여기 왔……."

"안녕하세요."

문을 벌컥 열고 들어온 또 다른 아이 때문에 내 질문이 끊겨 버렸다. 아르주만드 뷰티 살롱의 세 번째 회원은 무릎이 너덜너 덜하게 찢어진 헐렁한 청바지를 걸치고 야구모자를 눈썹 아래 까지 푹 눌러 쓴 사내아이였다. 웬 남자애일까? 기린처럼 다리가 긴 남자아이는 주변을 휘휘 둘러보더니 야구모자를 벗고 헝클 어진 짧은 머리를 한 손으로 벅벅 쓸어 넘겼다. 어라, 얘도 본 적 있는 얼굴이다. 나는 반사적으로 소리쳤다.

"김화영?"

김화영은 나를 흘끔 보더니 귀찮다는 듯 미간을 찌푸렸다. 김 화영은 우리 학교에서 모르는 아이가 없는 유명 인사였다. 참고 로 우리 학교는 남녀공학이 아니고 김화영의 성별은 남자가 아 니라 여자다. 중학교 때 배구부 선수였던 김화영의 키는 175센티 미터를 훌쩍 넘었다. 모델처럼 날씬하고 얼굴도 작았지만 항상 짧은 헤어스타일을 하고 남자 같은 말투를 써서 착각할 만했다. 남녀 공학 중학교에 다녔던 내가 여고에 들어와 가장 놀란 것은 남자 친구 대신 김화영처럼 남자같이 생긴 여자 선배를 쫓아다 니는 아이들이 엄청나게 많다는 점이었다. 밸런타인데이나 화이 트 데이면 김화영은 바닥에 끌릴 정도로 커다란 봉투에 초콜릿 과 선물을 가득 담고 양팔에 꽃매미처럼 달라붙은 여자애들을 매단 채 하교하고는 했다.

말하자면 김화영은 우리 학교의 왕자님이었다. 그리고 나는 왕자님에게 별 관심 없는 부류에 속하지만, 대부분의 코찔찔이 남자애들보다는 김화영이 훨씬 멋있다는 의견에는 내심 동의할 수밖에 없었다. 솔직히 키도 크고 얼굴도 훨씬 잘생겼으니까. 그런데, 왕자님께서 뭣 하러 뷰티 살롱에 행차하셨담?

아르주만드 뷰티 살롱의 회원은 나를 포함한 세 명이 전부인 듯 더 이상 떡볶이 집의 문이 열리는 일은 없었다. 어색한 분위기 속에서 나와 전교 3등과 김화영은 서로 눈치를 보며 말없이 앉아 있었다. 주인 언니는 언제쯤 방에서 나오는 걸까. 어색한 침묵을 깬 것은 김화영이었다.

"너 전교 3등 아냐? 맞지?"

김화영의 질문에 전교 3등은 화들짝 놀라며 고개를 끄덕였다. 말투 한번 싸가지 없다. 그런데 김화영이 말하니까 꼭 훈훈한 오빠가 수작을 거는 것처럼 보이는 게 신기했다. 이래서 애들이 김화영을 죽자 살자 쫓아다니나 보다. 김화영은 나에게도 말을 걸었다.

"넌 몇 반이야? 이름이 뭐야?"

"난 4반. 박세아."

"넌 어쩌다 여기 왔어?"

"보면 몰라? 살 빼려고."

김화영은 저보다 한참 작은 나를 내려다보며 묘한 표정을 지었다. 그래, 넌 날씬하다 이거지? 비위가 상한 나는 잽싸게 김화영의 말꼬리를 잡아 받아쳤다.

"그러는 너는 왜 여기 왔는데?"

"나?"

김화영의 표정이 잠깐 흔들렸다. 나는 놓치지 않고 캐물었다.

"나처럼 살 빼러 온 건 아닐 거 아냐? 날씬하면서 왜 왔는데?"

김화영이 어물거리는 사이 주인 언니가 노트북 컴퓨터에 연결된 작은 스피커와 서류철을 들고 돌아왔다. 그녀는 신발을 벗고 양탄자 위에 올라서더니 스피커를 설치하고 노트북을 두드렸다. 곧 스피커에서 음악이 흘러 나왔다. '명상의 시간'에나 들을 법한 잠 오는 음악이었다. 언니는 양탄자 한가운데에 서서 우리에게 손짓했다.

"양탄자 위로 올라오렴. 신발은 옆에 벗어 놓고."

우리는 신발을 벗고 양탄자 위로 올라섰다. 엉거주춤한 포즈로 양탄자 위에 서 있는 우리에게 주인 언니가 앉으라는 손짓을 했다. 주인 언니는 자애로운 웃음을 띠고 서서 우리를 내려다보았다. 언니는 양팔을 벌리더니 연극배우처럼 깊이 허리를 숙이며 인사했다.

"인샬라, 아르주만드 뷰티 살롱에 온 것을 환영해요."

다 큰 어른에게 이런 인사를 받는 건 처음이었다. 당황한 우리는 앉은 채로 어색하게 고개만 꾸벅 숙였다. 인사를 마친 주인 언니는 양탄자 위에 단정하게 무릎을 꿇고 앉아 우리의 얼굴을 한 명씩 똑바로 바라보았다. 이제부터 어떤 수업을 듣게 될까? 앞으로 벌어질 일에 대한 호기심과 불안함과 기대감이 한데 뒤엉켜 가슴이 쿵쾅거렸다. 말은 안 해도 분명 다른 아이들도 나와 비슷한 생각을 하고 있겠지. 마음 한쪽에서는 당장이라도 이 이상한 언니가 지배하는 이상한 공간에서 도망쳐 모든 것을 없던 일로 하고 싶다는 생각이 꿈틀거렸다. 지금이라면 늦지 않았다. 지금이라면…….

"너희 모두, 지금보다 더 아름다워지고 싶지?"

'나처럼.' 언니가 하지도 않은 말이 머릿속에서 생생하게 울렸다. 언니의 커다란 눈동자가 나를 똑바로 응시했다. 그 눈동자 속에서 작고 파란 불꽃이 타오르는 것이 보였다. 이제 도망치는 것은 글렀다, 그런 생각이 들었다.

"이제부터 내가 가진 모든 뷰티 노하우를 너희에게 아낌없이 쏟아부을 거야. 너희 안에 있는 아름다움에 대한 가능성을 모조리 밖으로 끌어내 줄 테니까. 앞으로 삼 개월 동안 잘 따라와 주기를 부탁해. 알았지?"

"네."

모기만 한 소리로 대답한 것은 전교 3등뿐이었다. 주인 언니는 서류철에서 프린트한 종이를 한 장씩 꺼내 나누어 주었다. 종이에는 커다란 글씨로 이렇게 적혀 있었다.

아르주만드 위켄드 뷰티 살롱 커리큘럼

By 아르주만드 민

매주 토, 일요일 PM 6:00~8:00

1. 아르주만드 명상 클리닉

2. 아르주만드 뷰티 체조

3. 아르주만드 뷰티 라이프스타일 강좌

4. 한 주의 개선 사항 발표와 반성의 시간

주인 언니…… 영어 너무 좋아하는 거 아니야? 하지만 중요
한 내용이니까 꼼꼼하게 읽어야겠지. 그런데 어차피 내용이 몇
줄뿐이라 꼼꼼하게 읽고 자시고 할 것도 없었다.

"거기에 쓰인 대로 우리 아르주만드 뷰티 살롱의 커리큘럼은 크
게 명상, 체조, 생활 습관 개선, 이 세 가지로 진행할 예정이야."

"오늘은 뭐부터 할 건데요?"

김화영의 질문에 주인 언니는 힘차게 고개를 끄덕였다.

"좋은 질문이야! 오늘은 첫날이니까, 자아 성찰부터 시작하
자."

자아 성찰? 그게 무슨 고리타분한 말이람. 내 생각을 읽은 듯
주인 언니는 부드럽게 웃으며 말을 이었다.

"자아 성찰이라는 말을 너무 어렵게 여길 필요는 없어요. 말
하자면 여러분이 왜 아르주만드 뷰티 살롱에 왔는지 되짚어 보

는 거야. 여러분이 추구하는 아름다움이 어떤 것인가를 아는 것이 중요하니까. 자, 일단 한 명씩 나와서 간단히 자기소개를 해 볼까?"

우리는 서로의 눈치를 보았다. 아무도 먼저 입을 열지 않았다. 침묵 속에서 주인 언니가 기운차게 말했다.

"내 소개부터 할게. 다들 알겠지만 난 아르주만드 민이라고 해. 나이는 비밀이고, 이란의 테헤란 출신. 키 165센티미터에 48킬로그램. 스리 사이즈는 35, 25, 36. 상하의 55사이즈를 입고, 피부 관리실에서 측정한 바에 의하면 현재 피부 연령은 20세야. 굉장하지?"

수업 분위기는 점점 더 어색해져만 갔다. 우리가 계속 꿀 먹은 벙어리처럼 입을 다물고 있자 주인 언니는 살짝 난처한 표정을 짓더니 말했다.

"아, 꼭 내가 소개한 방식대로 말하지 않아도 돼. 이름이랑, 자기 외모에서 어떤 부분이 제일 고민인지 두 가지만 얘기하렴. 오케이?"

여전히 아이들은 묵묵부답 서로 눈치만 보았다. 어쩔 수 없다, 내가 나서야지. 별로 내키지는 않지만 계속 어색한 분위기 속에 앉아 있는 게 더 싫으니까.

"안녕하세요. 저는 박세아라고 하고요, 2학년 4반이에요. 키는 160.5센티미터인데 아침에 일어나자마자 재면 161이고, 몸무

71

게는 밝힐 수는 없지만 좀 나가고요, 이번 기회에 제대로 다이어트 해서 44사이즈까지 내려가는 게 목표예요. 잘 부탁합니다."

"박수!"

짝짝. 힘없는 박수 소리가 울렸다. 시계 방향 순서대로 말하라는 주인 언니의 명령에 따라 내 왼쪽에 앉은 전교 3등이 고개를 푹 숙인 채 딱딱한 목소리로 자기소개를 시작했다.

"저는 이윤지입니다. 2학년 7반입니다. 키는 155센티미터에 몸무게는 38킬로그램이고요……. 제 가장 큰 고민은 피부입니다."

"얼굴 들고 말해 줄래?"

주인 언니의 지적에 이윤지는 한숨을 푹 쉬며 고개를 들었다. 가까이에서 보니 생긴 지 얼마 안 되어 빨갛게 솟아 나온 여드름뿐만이 아니라 크고 작은 여드름 흉터도 몇 개 눈에 띄었다. 하지만 몸무게가 38킬로그램밖에 안 나간다는 점은 부러웠다.

"원래 깨끗한 피부였는데, 중3 때부터 갑자기 여드름이 생기기 시작했어요. 여드름 때문에 아주 미칠 지경이에요. 어떻게든 여드름을 없애고 싶어요."

이윤지는 신경질적으로 말했다. 나도 말 예쁘게 한다는 소리는 못 듣고 살지만 얘는 더하네. 주인 언니는 윤지의 어깨를 다정하게 쓰다듬으며 위로해 주었다.

"저런. 마음고생이 심했겠네."

이윤지는 조금 당황한 표정을 지으며 고개를 숙였다.

"아, 네. 고맙습니다. 선생님."

"어머 얘, 선생님이라고 안 불러도 돼."

말은 그렇게 하면서도 주인 언니는 선생님이라는 호칭이 기분 좋은 듯 볼을 살짝 붉히고 웃었다. 김화영이 마지막 바통을 이어 받았다.

"저는 김화영이에요. 키 177센티미터에 몸무게는 걍 보통이고, 뭐 외모에 큰 문제가 있어서 온 건 아니고요."

"문제가 없는데 왜 이곳에 왔어?"

주인 언니의 반문에 김화영은 난처한 표정을 짓더니 왕자님답지 않게 말을 질질 끌며 대답했다.

"음…… 말하자면, 뭐라고 할까, 좀…… 여성스러워지고 싶다고나 할까요. 뭐, 그렇습니다."

"아하. 여성미를 찾고 싶다! 좋아, 좋아. 훌륭한 목표야."

주인 언니는 두 손을 마주 잡고 외쳤다.

"체중, 피부, 여성미. 여러분만이 아니라 모든 여자들의 고민이지. 좋아, 이제부터 본격적으로 아르주만드 명상을 시작해 볼까?"

주인 언니는 계산대에서 향 막대기가 꽂힌 항아리를 들고 와 양탄자 한가운데에 올려놓았다. 그리고 스피커의 음량을 높이고 가부좌를 틀었다. 우리도 주인 언니를 따라서 가부좌 자세를 취했다. 짧고 통통한 내 다리로는 자세를 잡는 것이 여간 어려운 일이 아니었다. 나는 끙끙대면서 한쪽 다리를 두 손으로 붙잡아 다른 쪽 다리 위에 억지로 걸쳐 놓았다. 벌써 온몸에서 땀이 솟았다. 주인 언니는 요가 강사처럼 우아한 자세로 가부좌를 튼 채 눈을 감고 말했다.

"지금부터 깊이 심호흡하면서 아름다워진 자신의 모습을 떠올립니다. 정신을 집중합니다. 날씬한 몸매, 티 없이 매끄러운 피부, 여성스럽고 우아한 모습……."

우리는 언니를 따라 심호흡을 하며 꿈처럼 아름다워진 자신의 모습을 떠올리려고 애썼다. 향이 뿜어내는 독한 연기 때문에 눈물이 비어져 나왔다. 억지로 꼬아 놓은 다리가 당겨 오기 시작했다. 몰래 실눈을 뜨고 벽시계를 봤더니 겨우 십 분밖에 지나지 않았다. 도대체 이거 언제 끝나는 거야.

"자, 얘들아. 어떤 모습이 보이니?"

주인 언니의 질문에 나는 솔직하게 대답했다.

"……아무것도 안 보이는데요."

"아직 무의식의 세계로 들어가지 못해서 그런 거야. 진정한 너의 모습이 보일 때까지 좀 더 깊이 숨을 들이쉬고, 내쉬고를 반복하렴. 내가 와히드, 하면 들이쉬고, 이스난, 하면 내쉬고, 살라싸, 하면 다시 들이쉬고."

"와히…… 그게 무슨 뜻이에요?"

"아라비아어로 원, 투, 스리라는 뜻이야. 자, 이제부터 진짜 시작한다. 와히드."

그로부터 한 시간 동안 우리는 언니의 아랍어 구령에 맞추어 심호흡을 하며 가부좌를 틀고 앉아 명상을 했다. 일 분이 한 시간처럼 흐르는 동안 나는 머릿속에 과자의 성을 쌓아 올리고 도피 여행을 떠났다. 상상 속에서 과자의 성을 탐험하는 나에게 볼록 나온 아랫배가 말을 걸었다.

—너도 참 답답하다. 아버지한테 돈 뜯어내서 기껏 한다는 게 이런 바보짓이야?

—……방해하지 말아 줄래?

—머리가 있으면 생각 좀 해. 겨우 다리 좀 꼬고 앉아 있는다고 내가 없어지겠어? 난 또 윗몸일으키기라도 할 줄 알고 엄청 쫄았지 뭐야.

—계속 지껄이면 또 혼내 준다.

내가 양손을 갈퀴 모양으로 만들어서 아랫배 쪽으로 슬슬 내려 보내자 아랫배는 황급히 꼬리를 내렸다.

—에이, 너 지금 명상 중이잖아. 차분하게 정신 집중해야지.

내가 머잖아 널 영원히 없애 버릴 테다. 의지를 다지며 다시 명상에 집중했지만 오 분도 버티기 힘들었다. 장장 한 시간 만에 가부좌를 풀자 수만 마리의 벌레 떼가 한꺼번에 기어오르는 듯한 저린 감각이 근육 안에서 치밀고 올라왔다.

"아이고, 다리 저려!"

나는 쥐가 난 다리를 붙들고 비명을 질렀다. 다른 아이들도 발바닥을 주무르며 고통스러운 신음을 흘리고 있었다. 주인 언니는 초연하게 가부좌를 튼 자세로 말했다.

"수고했어. 많이 힘들었지? 지겹고, 고통스럽고. 마음 깊은 곳에 숨겨져 있는 자신을 똑바로 바라본다는 건 그만큼의 고통을 수반하는 일이야."

숨겨져 있는 내 모습을 찾기는커녕 아랫배랑 말싸움만 했는걸요. 나는 다리를 주무르며 작게 한숨을 쉬었다. 설마 이 짓을 수업 때마다 계속해야 하는 건 아니겠지.

"저는 봤어요!"

갑자기 내 바로 옆에서 커다란 목소리가 터져 나와 심장이 멎을 뻔했다. 이윤지가 고개를 번쩍 들고 주인 언니를 향해 외치고 있었다.

"저는 봤어요. 제 여드름이 전부 없어지고 피부가 흰 눈처럼 깨끗해져서, 미국 명문대에 전체 수석으로 합격해서, 저를 인터뷰하러 온 수많은 기자들 앞에서 자랑하는 모습이었어요!"

이윤지는 집단 신드롬 상태에 빠진 사이비 종교 신자처럼 열렬하게 소리쳤다. 쟤 왜 저러니, 명문 대학이랑 여드름이 대체 무슨 상관이라고? 그나저나 전교 3등이 뭔가 봤다니까 괜히 나도 보지 않으면 안 될 것만 같았다. 주인 언니는 이윤지를 자애로운 눈길로 바라보며 말했다.

"그래! 바로 그거야. 그 모습이 진짜 너의 모습이야. 자, 화영이, 세아, 너희는 어떤 모습을 보았니?"

김화영 너라도 부디 아무것도 못 봤다고 해 주라. 내가 열심히 속으로 빌었지만 김화영은 한참 동안 뜸을 들이다가 퉁명스럽게 대답했다.

"음. 저는…… 보긴 봤는데…… 비밀이에요. 별로 말하고 싶지 않아요."

"왜?"

"쪽팔리니까요."

"그래, 다음 시간에 이야기하고 싶어지면 말해 주렴. 자, 세아는 무엇을 봤니?"

이제 내 순서다. 나는 당황해서 어물거렸다.

"저, 저요?"

"그래. 세아는 어떤 모습을 봤어? 있는 그대로 말해 봐. 화영이처럼 그냥 넘어가지 말고."

명상하는 내내 아랫배와 논쟁을 벌였다는 대답은 안 하느니만 못하겠지. 나는 대충 아무렇게나 말했다.

"음. 저는요. 연예인처럼 화려한 드레스를 입고 있었어요. 연예뉴스 기자들이랑 사람들이 저를 막 둘러싸고 사진을 찍고 있었어요."

되는 대로 주워섬기고 나니까 이상하게도 정말로 그런 모습이 보였던 것 같은 기분이 들었다. 이런 게 자기 암시 효과라는 건가?

"그래! 너희가 명상에서 본 모습이야말로 너희가 되찾아야 할 진정한 모습이야. 너희는 다른 사람으로 변하는 게 아니야. 원래대로 되돌아가는 거지. 무의식 속 깊은 곳에 숨겨져 있는 아름다운 자신을 되찾는 여정을 시작하는 거야."

주인 언니가 엄숙하게 말했다. 그럴듯하게 들렸다. 진정한 나의 모습으로 되돌아간다, 그런 식으로 말하는 어른은 한 번도 만나본 적 없었으니까. 엄마나 선생님들은 모두 부지런해져라, 자기 관리를 하라고만 말할 뿐이었다. 주인 언니의 확신 가득한 말에는 나를 끌어당기는 힘이 있었다. 가게 안에 가득한 재스민 향 때문일까, 끝도 없이 반복되는 이상한 명상 음악 때문일까, 그도 저도 아니면 주인 언니가 공작새처럼 예뻐서일까.

"자, 명상이 끝났으니 라이프스타일 강의를 시작하겠어요."

언니는 잔뜩 상기된 어조로 말했다. 그와 동시에 가게 문이 열리더니 주방장 아저씨 오마르가 들어왔다. 오마르는 들어오다 말고 문간에 멈추어 서서 당혹스러운 표정을 지었다.

"어머, 오마르, 벌써 왔어?"

오마르는 손목시계를 툭툭 건드리며 말했다.

"지금 7시 10분이야, 사장님. 십 분 후면 마그립 시간이라고."

"그랬지 참. 어서 들어가서 예배 올려."

뭐야 아저씨 한국말 완전 잘하잖아? 다른 아이들도 눈이 똥그래진 눈으로 오마르를 바라보고 있었다.

"아, 우리는 여기에서 조용하게 이야기할 테니까. 방해하지 않을게. 걱정 마."

"음악 시끄러워."

"어머, 맞다. 미안, 미안."

언니는 재빨리 음악을 껐다. 오마르는 우리를 힐끔 보더니 물었다.

"친구들이야?"

"우리 학생들이야. 인사 아직 안 했지?"

"학생? 사장님 너, 또 무슨 사업하려고?"

오마르의 질문에 주인 언니는 펄쩍 뛰며 항변했다.

"사업이라니, 천박하게! 사랑스러운 소녀들의 아름다움을 찾아 주는 뷰티 살롱이야!"

오마르는 내 성적표를 받아든 우리 엄마 같은 표정으로 중얼거렸다.

"언제 철드니, 사장님."

"빨리 들어가기나 해!"

주인 언니의 얼굴이 순식간에 빨갛게 달아오르면서 꽹과리 치는 목소리가 튀어나왔다. 언니가 저런 목소리도 낼 줄 아는구

나. 오마르는 고개를 설레설레 저으며 뒷방으로 들어가 문을 꼭 닫았다.

"무슨 일이에요? 마그립은 뭐예요?"

내 질문에 주인 언니는 언제 얼굴을 붉혔느냐는 듯 상냥하게 웃으며 대답했다.

"무슬림의 저녁 예배 시간을 마그립이라고 해. 오마르는 하루에 다섯 번씩 메카 방향으로 예배를 올려야 하거든. 원래 주말에는 이슬람 성원에서 예배를 올리는데 이번 주말부터 피치 못할 사정이 생기는 바람에 가게에서 혼자 예배를 올리기로 한 걸 내가 그만 깜박해 버렸네."

"오마르는 여기서 살아요?"

"아니, 살던 집에 문제가 생겨서 잠깐 동안만 가게 쪽방에서 지내기로 했어."

피치 못할 사정이니 문제니, 뭐가 그리 복잡한지. 곧이어 쪽방 너머에서 노래 같은 것을 부르는 듯한 낮은 소리가 들려왔다.

"이상해, 무슨 주문 같아."

이윤지가 무심코 중얼거렸다. 주인 언니가 근엄한 표정으로 설명했다.

"저건 주문이 아니라 코란 독경 소리야. 코란이 이슬람교 경전인 건 학교에서 배웠을 텐데?"

공부 잘하는 이윤지는 자존심 상한 표정을 지었다. 코란 독경

소리를 배경 음악 삼아 우리는 미용에 도움이 되는 생활 습관에 대한 강의를 들었다. 좀처럼 집중을 할 수 없었다. 결국 아르주만 드 뷰티 살롱의 첫 수업은 예정보다 조금 이른 7시 20분에 끝났다. 그때까지 오마르의 독경은 멈추지 않고 계속되었다.

집으로 가기 전 우리는 언니에게 강의료를 지불했다. 언니는 우리가 건넨 봉투에서 돈을 꺼내 세어 보지도 않고 곧바로 계산기에 집어넣었다. 다른 아이들도 나처럼 할인을 받았는지 궁금했지만 대 놓고 물어보기는 좀 민망했다. 가게를 나온 우리 셋은 서로에게서 조금씩 거리를 두고 나란히 걸었다. 나는 은근슬쩍 말문을 열었다.

"순대 먹고 가지 않을래?"

김화영은 한심해하는 눈으로 나를 내려다보았다.

"살 뺀다면서?"

"뷰티 살롱 때문에 저녁 못 먹었단 말이야. 넌 배 안 고파?"

뭐라 대답하기도 전에 김화영의 배 속에서 꾸르륵 하는 소리가 울렸다. 자연스럽게 우리는 정문 앞 분식집으로 발길을 돌렸다. 그러나 이윤지는 단호하게 고개를 저었다.

"난 못 가. 후딱 독서실 가서 인강 들어야 해."

"뭐야, 나도 학원 오후 수업 있다고 뺑치고 온 거야. 그냥 같이 먹고 가지?"

"하루라도 빼먹으면 안 된단 말이야. 지난번 모의고사 오답 노트도 만들어야 하고. 안녕."

말을 마치자마자 이윤지는 쫓기는 사람처럼 달려가 버렸다. 잘났다. 나는 김화영과 둘이서 순대를 먹으러 갔다. 김화영은 키가 커서 그런지 나만큼 잘 먹었다. 눈 깜짝할 사이에 순대와 튀김을 섞은 떡볶이와 라볶이까지 먹어 치우고 나자 김화영과 조금 친해진 기분이 들었다. 이제부터 성은 빼고 불러 줘야겠다. 나는 화영에게 물었다.

"너는 아까 명상하면서 뭘 봤어? 나는 솔직히 암것도 안 보이고 먹을 것만 생각나더라."

"비밀이라고 했잖아."

얘 참 까칠하네. 나는 예전부터 화영에게 궁금했던 것을 물어보기로 마음먹었다.

"그런데, 있잖아. ……너 진짜로 그거야?"

"그거라니?"

나는 목소리를 한껏 낮추었다.

"그거 있잖아. 여자 좋아하는 여자…… 레즈비언."

"너 죽을래?"

화영이 너무 크게 소리치는 바람에 TV 드라마에 빠져 있던 주인아줌마가 놀란 눈으로 이쪽을 돌아보았다. 화영은 야구 모자를 벗어 쥐고 나를 노려보았다. 널찍한 어깨가 눈에 보일 정도로 부들부들 떨렸다. 당장이라도 나를 향해 주먹이 날아올 것만

같았다. 키 177센티미터에 배구부 출신인 애한테 주먹으로 얻어
맞으면…… 으악.

"아니, 난 진짜로 그냥 궁금해서 물어본 거야. 아니면 됐어."

"그딴 거 아니야!"

"레즈비언이 나쁜 건 아니잖아."

내가 이럴 때마다 엄마는 '말꼬리 잡고 매를 번다'고 화를 내
고는 했다. 화영은 두 손으로 야구 모자를 마구 찌그러트리며
중얼거렸다.

"아, 진짜. 짜증나 돌겠네. 야, 혹시 너 나 좋아하냐?"

"뭐?"

이번에는 내가 소리 질렀다.

"뭔 소리야? 난 레즈비언 아니거든?"

"아닌데 왜 자꾸 붙잡고 늘어져? 말해 두는데 나는 여자들한
테 관심 없어. 애들이 자기들 멋대로 좋아한다고 들러붙는 거
지."

애들이 왕자님 취급해 주니까 이게 진짜로 제가 왕자님인 줄
아나? 나는 코웃음을 치며 되물었다.

"그런데 왜 남자처럼 하고 다녀? 솔직히 너도 남자처럼 보이
고 싶어서 그러는 것 아냐? 여자애들이 너 쫓아다니는 거 즐기
니까 그러는 거잖아, 안 그래?"

나의 논리적인 공격 앞에 화영은 꿀 먹은 벙어리가 되었다. 거

봐, 제가 생각해도 앞뒤가 안 맞지. 화영은 우울한 목소리로 말했다.

"……나, 진짜로 레즈비언 아니야."

"그럼 남자 친구 사귀어 본 적 있어?"

"아, 몰라!"

"뭐야, 왜 대답 못 해?"

"나 참. 여자애들은 왜 이렇게 남 얘기 하는 걸 좋아해?"

"그러는 넌 여자애 아냐? 웃겨."

쏘아붙이자 화영은 다시 아무 말도 못 했다. 멋있게 생겨 갖고는 말발은 떨어진다. 우리는 어색한 분위기를 라면 한 그릇을 추가해 먹는 것으로 무마하고 분식집을 나왔다. 별 생각 없이 화영과 팔짱을 끼고 번화가를 걷자 사람들의 노골적인 시선이 느껴졌다. 우리를 남자 여자 커플로 보는 듯한 시선이었다. 특히 또래 여자아이들은 부러움이 가득한 표정으로 화영을 바라보았다. 난생처음 불특정 다수의 시선을 피부로 느끼자, 화영을 쫓아다니는 여자애들의 기분이 조금은 이해가 갔다. 화영이처럼 키 크고 잘생긴 남자 친구 하나 있으면 자랑하기 좋을 텐데…… 음.

"오른쪽! 왼쪽! 오른쪽! 왼쪽!"

다음 날, 우리는 주인 언니에게 고대 페르시아의 전통 궁중

무용을 바탕으로 개발했다는 뷰티 체조를 배웠다. 가슴에 딱 달라붙어 배꼽이 드러나는 짧은 상의에 화려한 술이 달린 통 넓은 바지. 밸리 댄스 강사 같은 차림을 하고 잘록한 허리를 좌우로 돌리며 스트레칭을 하는 주인 언니에게 화영이 볼멘소리로 말했다.

"저는 별로 살 뺄 필요 없는데요. 체지방 비율 12프로라고요. 중학교 내내 배구 선수로 뛰어서 운동은 지겹게 했다고요."

"뭘 모르는 소리. 아르주만드 뷰티 체조는 단순히 몸만 단련하는 운동과는 근본적으로 달라요. 피부, 정신 건강, 혈액 순환 등등 복합적으로 이로운 체조야. 몸이 아니라 정신부터 단련하는 체조라고. 동작 하나하나마다 고대 페르시아 수천 년의 비법이 녹아들어 있어."

주인 언니가 숨도 쉬지 않고 쏘아붙이자 화영은 여전히 불만스러운 표정으로 제자리로 돌아갔다. 간단한 몸 풀기 동작이 끝나자 스피커에서 외계인이 보내는 신호 같은 아랍어 노래가 흘러나오며 아르주만드 뷰티 체조가 시작되었다. 먼저 언니가 한 동작씩 시범을 보이기 시작했다.

체조의 초반은 지극히 평범한 스트레칭으로 이루어져 있었다. 중간중간 바닥에 드러누워서 해부 당하기 직전의 개구리 같은 포즈를 취하거나 네 발로 바닥에 엎드려 고양이처럼 배와 등을 올렸다가 내렸다 하는 등 괴상망측한 자세들이 섞여 있었지만 대체적으로 할 만한 운동이었다. 삼십 분 정도 지나자 슬슬 숨이 차고 땀이 맺히기 시작했다. 언니가 일어나서 손뼉을 쳤다.

"자, 지금부터 마무리 동작이야. 뷰티 체조는 마무리가 가장 중요하니까 정신 집중!"

언니는 한쪽 다리를 들어 올려 다른 쪽 무릎 위에 발바닥을 대고 외다리로 섰다. 그리고 한 손은 절에 있는 부처 상의 손 모양 비슷하게 만들어서 턱 아래에 대고, 나머지 한 손은 곱게 펼쳐 다른 쪽 팔꿈치에 댄 채 기묘한 포즈를 취했다. 전혀 '뷰티'하지 않은 자태였다. 우리가 웃음을 터트리자 주인 언니는 정색을 하고 소리쳤다.

"진지하게 임해야지!"

"균형 잡기가 힘들어요."

"이건 미를 위한 수련이야! 미, 덕, 체의 삼위일체를 상징하는, 고대 페르시아 전통의 비전이라고."

미, 덕, 체가 아니라 지, 덕, 체가 아니었나? 고대 페르시아에도 그런 개념이 있나? 이건 아무리 봐도 요가 동작 같은데, 요가는 페르시아가 아니라 인도에서 온 거 아닌가? 하지만 그런 것들을 일일이 지적했다가는 주인 언니가 크게 화를 낼 것 같았다. 우리는 웃음을 참고 주인 언니의 동작을 따라 했다. 바구니 속에서 춤추는 코브라의 춤사위를 연상시키는 음악이 울려 퍼지는 가운데 우리는 나란히 외다리로 서서 포즈를 취했다. 시간이 조금 지나자 웃을 여유는 사라지고 균형을 잃고 쓰러지지 않기 위해 정신을 집중해야 했다.

"이제 제자리에서 세 번 뛰어. 와히드, 이스난, 살라싸!"

우리는 주인 언니의 구령에 맞추어 외다리 포즈를 취한 채로 제자리에서 콩콩 뛰었다. 볼만한 광경이었다. 마무리 동작을 끝낸 주인 언니는 이마에 맺힌 땀방울을 크리넥스 티슈로 닦으며 당부했다.

"짙은 안개 속에 갇힌 것처럼 생각이 막힐 때, 내 힘으로는 어찌할 수 없는 고뇌로 가슴이 답답할 때면 언제 어디서나 이 마무리 동작을 취하렴. 스트레스로 흐려진 정신을 맑게 하고 긴장감과 집중력을 유지하게 하는 동작이야. 미용에는 물론, 공부에도 도움이 된단다."

그날 밤은 체조를 열심히 한 탓인지 평소보다 간절하게 군것질을 하고 싶었다. 당장 방문만 열고 나가면 부엌에 오빠가 밤새 게임 하면서 먹으려고 사 놓은 컵라면과 과자들이 찬장마다 가득한데 참아야 한다니. 가혹하구나, 페르시아 수천 년 미용의 길이여.

—슬슬 라면 하나 끓여 먹을 시간 아니야?

아랫배가 나를 유혹했다. 나는 못 들은 척 베개로 귀를 덮었다. 그러나 아랫배가 거는 말은 귀가 아닌 머릿속으로 직접 들려왔다. 아랫배는 유혹적으로 속삭였다.

―너 라면 잘 끓이잖아. 꼬들꼬들 맛 좋게 익은 라면! 다 익어 갈 때 즈음 계란도 한 개 퐁당 빠트리고, 다 먹고 국물에 찬밥 한 공기 말아서 가늘게 찢은 신김치 얹어서 한 입! 얼마나 좋아?

―조…… 조용히 안 해?

가스레인지 불 위에서 팔팔 끓는 라면 냄비의 모습이 환상처럼 떠올랐다. 매콤하고 고소한 라면 냄새와 더불어 맛 좋게 익은 김치의 톡 쏘는 냄새가 생생하게 느껴졌다. 배 속에서 쉴 새 없이 꾸르륵거리는 소리가 울렸다. 그냥 눈 딱 감고 한 개만 끓여 먹을까. 하지만 만일 지금 라면을 먹으면 뷰티 살롱에 등록한 지 겨우 이틀째에 포기하는 셈이다. 작심삼일도 아니고 작심이일이라니. 아무리 내가 의지박약 박세아라지만…….

순간 의지가 약해질 때면 뷰티 체조의 마무리 동작을 취하라는 주인 언니의 말이 떠올랐다. 나는 꾸르륵거리는 배를 끌어안고 침대에서 기어 나와 한 다리로 서서 마무리 동작을 취했다. 아랫배가 이죽거렸다.

―그래 봤자 헛수고라니까? 빨리 나가서 라면이나 끓이라고.

"조용히 해! 집중해야 하니까."

나는 손바닥으로 아랫배를 찰싹 때리며 꾸짖었다. 한 다리로 몸을 지탱하며 허리를 곧게 펴자 처진 배 근육에 자동으로 힘이 들어갔다. 아랫배가 당황한 목소리로 외쳤다.

―이봐, 그만 둬! 나 힘들어!

—꼴좋다. 두고 봐. 머잖아 널 아주 납작하게 만들어 줄 테니까.

계속 비아냥거리며 초를 치더니 꼴좋다, 망할 아랫배 녀석! 네 속에 가득한 지방 덩어리를 활활 태워 주마! 나는 승리감을 만끽하며 계속 마무리 동작을 유지했다. 뒷덜미에 땀이 줄줄 흐르고 다리가 바들바들 떨릴 때까지 버티자 날뛰는 배고픔이 거짓말처럼 조금씩 가라앉았다. 신기한 일이었다. 단지 한쪽 다리로 균형을 잡느라 힘들어서 그런 건지도 모를 일이었지만.

4

여드름과 치마

아르주만드 뷰티 살롱은 순조롭게 운영되었다. 토요일에는 명상 후 미용 생활에 대한 강의를 듣고 일요일에는 미용 체조를 했다. 엄마에게는 학원 저녁 수업이라고 둘러대 놓았다. 나와 화영이는 가끔 같이 매점에 가는 사이가 되었지만, 전교 3등 이윤지하고는 친해지기 힘들었다. 하지만 강의를 들을 때는 이윤지가 셋 중에서 제일 열정적이고 진지한 태도로 만두 언니의 귀여움을 받았다.

참, 만두 언니가 누구냐고? 내가 붙인 주인 언니 별명이다. '아르주만드'에서 '만드'를 따서 지었다. '만드'니까, '만두'. 참고로 나는 군만두를 좋아한다. 좀 더 친해지면 화영이에게도 알려 줄 생각이다.

둘째 주 일요일, 뷰티 체조를 마친 후 만두 언니는 우리 세 명에게 각각 과제를 내주었다. 화영에게는 여성스러운 옷을 한 벌 사올 것. 이윤지는 피부 관리. 그리고 나는 물론, 살 빼기. 언니는 과제와 함께 각자에게 필요한 생활 개선 방법이 쓰인 종이를 나누어 주었다. 내가 받은 종이에는 식생활 개선을 위한 생활 습관이 간략하게 적혀 있었다. 매점 가는 횟수를 딱 절반으로 줄이고 떡볶이와 라면은 일주일에 세 번 이상 먹지 말 것, 그리고 버스나 전철 등 대중교통을 이용할 때는 자리가 있어도 앉지 말고 서서 갈 것. 너무 간단해서 과연 살이 빠질까 의심스러웠다.

하지만 막상 실천해 보니 생각만큼 간단한 일이 아니었다. 매점에 가는 횟수는 가까스로 줄였지만 매일 저녁마다 먹었던 라면과 떡볶이, 특히 떡볶이를 줄이는 것은 너무나도 힘들었다. 무엇보다도 아르주만드 떡볶이 집의 바그다드 즉석 떡볶이가 죽도록 먹고 싶었다. 처음에는 주인 언니 보기가 부끄러워 정문 쪽에 있는 분식집에서 떡볶이를 먹었다. 하지만 다른 떡볶이를 먹는 동안에도 자꾸 바그다드 즉석 떡볶이 생각이 났다. 매콤한 고추장 양념에 은근슬쩍 섞인 그 희한한 맛. 소고기 맛 같기도 하고 카레 맛 같기도 한 중독적인 맛은 다른 떡볶이 집에서는 결코 느낄 수 없었다.

아르주만드 뷰티 살롱이 문을 연 지 세 번째로 맞이하는 일요일. 대망의 개선 사항 발표의 시간이 왔다. 뷰티 체조를 마친 우리는 긴장에 가득 찬 얼굴로 양탄자 위에 앉았다. 나는 일부러 새벽까지 채팅을 하고 딱 세 시간만 눈을 붙이고 나왔다. 오빠처럼 다크서클이 생기면 조금이라도 더 말라 보이지 않을까 하는 생각에서였다. 화영은 무언가를 손에 쥐고 계속 만지작거리며 끊임없이 짜증 나, 쪽팔려, 하는 혼잣말을 반복했다. 이윤지는 오늘따라 좀 이상했다. 새파랗게 질린 얼굴로 양 무릎을 발발 떨어 대며 안절부절못하고 있었다. 그러면서 작은 손거울을 가방에서 꺼내어 들여다보다 가방에 다시 집어넣었다 하기를 반복했다. 옆에서 지켜보고 있자니 내 정신까지 이상해질 지경이었다.

지난 한 주일 동안 아름다워지기 위해 어떤 노력을 했는지, 어떤 변화가 있었는지에 대해 자유롭게 말하고 만두 언니의 의견 첨삭을 받는다, 는 것이 개선 사항 발표의 요점이었다. 내가 제일 먼저 일어서서 발표를 했다. 성과가 거의 없는 게 문제였지만.

"저는 지난 일주일 동안 식생활 개선 법을 지켰습니다. 떡볶이랑 라면도 일주일에 두 번…… 은 아니고 세 번만 먹었고요. 전철이나 버스 탈 때는 의자가 비어 있어도 일부러 서서 가고 있고……."

"그래서, 결과는?"

"1킬로그램 빠졌어요."

나의 보고에 만두 언니는 만족스러운 얼굴로 박수를 쳤다.

"좋아! 잘했어. 무작정 밥 굶고 안 하던 운동 해 봤자 작심삼

일이야. 생활 속에서 하나씩 실천하는 게 훨씬 효과적인 다이어트라는 걸 앞으로 계속해서 깨닫게 될 거야. 참, 떡볶이랑 라면은 일주일에 두 번만 먹도록 해. 알았지? 두 번도 안 먹으면 더 좋지만 억지로 참는 게 더 나쁘니까. 그러면 다음, 화영이."

화영은 똥 씹은 얼굴로 보고했다.

"저는 동대문에 치마를 사러 갔습니다."

"좋아! 그런데, 왜 오늘 안 입고 왔어?"

"그게…… 사러 가기는 했는데……. 결국 치마는 못 샀고, 대신 머리핀을 샀어요."

화영은 주먹을 펼쳐 만두 언니에게 쥐고 있던 머리핀을 보여 주었다. 핑크색 공단 리본 주변에 촘촘한 레이스가 붙은 머리핀이었다. 선머슴 같은 화영의 평소 이미지와는 정반대라 나도 모르게 웃음이 비어져 나왔다.

"왜 치마 안 샀어? 내가 치마 사라고 적어 줬잖아."

"막상 사려고 갔더니 너무 쪽팔려서 못 샀어요."

"흠, 잠깐만 기다려 봐."

만두 언니는 쪽방에 들어가더니 어깨에 천 같은 것을 걸치고 바퀴 달린 전신 거울을 밀고 나왔다. 언니가 들고 나온 천은 산뜻한 초록색 원피스였다. 언니가 주로 입는 옷들에 비하면 아주 수수한 디자인이었지만 화영의 눈에는 연말 영화 대상 시상식에서나 입는 드레스로 비치는 것 같았다.

"지금 이 옷으로 갈아입고 나와. 잠깐만 보여 주면 돼."

화영은 날카롭게 비명을 질렀다.

"이걸 애들 앞에서 입으라고요? 싫어요!"

"애들이라고 해 봤자 두 명뿐이구만. 어서 입고 나와."

만두 언니는 화영을 원피스와 함께 쪽방으로 밀어 넣었다. 한참 지나서 화영은 원피스를 입고 도살장에 끌려가는 소처럼 발을 질질 끌며 마지못해 걸어 나왔다.

"우아……."

나도 모르게 감탄이 흘러나왔다. 만두 언니가 골라 준 원피스를 입은 화영은 패션 모델 뺨치게 예뻤다. 쟤는 도대체 왜 여기에 온 거야? 아무것도 안 하고 옷만 갈아입어도 충분히 예쁘면서. 반칙이다, 반칙!

"아유, 예뻐라!"

만두 언니도 감탄을 아끼지 않았다. 언니는 화영을 끌고 와서 전신 거울 앞에 억지로 세웠다. 그리고 화영이 사 온 리본 머리핀을 옆머리에 꽂아 주었다. 모델처럼 훤칠한 키 때문에 원피스 아랫단이 껑충 올라가서 길고 잘 빠진 다리가 드러났다. 선머슴 왕자님은 순식간에 모델 같은 여자아이로 변신했다. 화영은 얼굴이 새빨갛게 달아오른 채 자꾸 고개를 돌리고 거울을 보지 않으려 했다.

"가슴 쭉 펴고 고개 들어. 이것 봐, 이렇게 몸에 붙는 옷으로 가슴이랑 허리선을 강조하니까 여성미가 드러나잖니? 다리도 길고. 모델 뺨치네. 진작 이렇게 입고 다녔으면 연예 기획사에서 길거리 캐스팅 들어왔겠다, 얘."

만두 언니의 칭찬 세례에 화영은 슬쩍 거울을 바라보더니 "뭐야 이게, 쪽팔려."를 연발하며 언니를 뿌리치고 방으로 달려 들어가 버렸다. 다시 선머슴 꼴이 되어 나온 화영에게 만두 언니가 충고했다.

"아름다워지기 위해서는 겉치장만이 중요한 게 아냐. 마음속에서부터 '나는 아름답다'고 굳게 믿는 것이 훨씬 중요해. 치마나 머리핀 같은 건 믿음이 생기도록 도와주는 도구일 뿐이야."

"나를 아름답다고 생각하라니……, 그건 자뻑이잖아요."

"얘, 좀 당당해져. 너에게 매혹 당한 남자들이 던지는 시선을 즐기라고. 그러면 원피스 정도가 아니라 찬란한 드레스를 걸치고 길거리를 누벼도 전혀 창피하지 않을 테니까."

마지막 차례는 이윤지였다. 이윤지는 과제 발표라도 하는 듯 딱딱한 말투로 이야기했다.

"저는 선생님께서 가르쳐 주신 대로 하루에 생수를 1.5리터씩 마셨습니다. 아침저녁으로 세안할 때는 그물망을 이용하여 비누 거품을 손바닥이 꽉 찰 정도로 풍성하게 만들어서 삼 분 동안 중지와 약지를 이용해서 부드럽게 마사지했습니다. 그리고 자기 전에는 쇼팽의 피아노 음악을 들으며 명상을 했습니다."

"그래서 효과는?"

"잘 모르겠어요."

이윤지는 우울하게 중얼거렸다. 주인 언니는 위로하듯 말했다.

"피부 건강에는 스트레스가 가장 큰 적이야. 네가 지금 스트레스를 받는 가장 큰 요인은 뭘 것 같니?"

"……성적입니다."

전교 3등씩이나 하면서 성적 때문에 스트레스를 받는다고? 그렇게 치면 이번에 22등 추락해서 전교 207등인 난 그동안 받은 스트레스로 암에 걸리고도 남겠다.

"음, 그래. 학생이니까 학교 성적은 중요하지. 하지만 어떤 상황에서도 긍정적으로 생각하는 것이 미용에 좋아. 성적은 떨어지다가도 올라가는 거잖아? 그런 식으로 받아들여 보렴."

"아무리 해도 긍정적인 생각을 할 수가 없는 걸 어떡해요."

"그래도 계속 노력해야지. 이렇게 젊고 앞날이 창창하잖니. 내가 가르쳐 준 생활 방식을 계속 지키면 효과가 서서히 나타날 거야."

이윤지는 대답하지 않고 불만 가득한 눈으로 땅바닥만 노려보았다. 성격 한번 근사하네. 이런 애 상대하는 만두 언니도 참 힘들겠다.

"여러분! 모두 한 주일 동안 수고했어요. 앞으로도 계속 노력하도록 해요. 그리고 우리 윤지는 특별히 더 열심히 긍정적으로 생각하도록. 알았지?"

"잠깐만요, 선생님!"

갑자기 이윤지가 버럭 소리쳤다.

"왜 저만 '특별히 더 열심히'예요?"

"응? 그야 네가 여기 셋 중에서 제일 힘들어 보이니까."

"그 말씀은 곧, 제가 세 명 중에서 꼴찌라는 말씀인가요?"

"무슨 소리야?"

이윤지의 눈동자가 불을 뿜고 있었다. 그 애는 갑자기 만두 언니의 팔을 덥석 붙잡더니 물에 빠진 사람처럼 절박하게 외쳤다.

"저 이번에도 또 3등 한 거예요? 네? 그런 거예요?"

"무슨 소리야, 등수를 가리자는 게 아니잖아."

이윤지의 얼굴이 절망에 휩싸였다. 이윤지는 갑자기 두 손으로 얼굴을 가리고는 어깨를 떨며 흐느끼기 시작했다.

"어머 얘! 왜 그래? 윤지야! 뚝!"

놀란 만두 언니가 크리넥스 상자를 들고 달려왔다. 이윤지는 크리넥스 한 통을 다 쓰면서 실컷 울었다. 만두 언니는 이윤지의 등을 쓰다듬으며 다정하게 말했다.

"뭐가 그렇게 속상하고 서러운지 언니한테 속 시원하게 털어놔 봐, 응?"

"속상하고, 서러운 거요……?"

"그래. 속에 쌓인 걸 다 쏟아내야지 스트레스가 풀린단다. 그래야 피부 미용에 좋아."

이윤지는 휴지를 코에 대고 웅얼거렸다.

"선생님, 전요…… 꼴찌는 진짜 싫어요. 저 자신을 용납할 수
없다고요."

"전교 3등인데 무슨 꼴찌야?"

내가 통을 놓자 이윤지는 탱탱 부은 눈으로 날 노려보았다.

"1등이 아니면 다 똑같아. 나한테는."

"얘, 윤지 말 좀 하게 내버려 둬. 부모님이 공부 때문에 야단치
시니? 1등 못한다고?"

만두 언니의 질문에 이윤지의 얼굴이 빠르게 어두워졌다.

"우리 부모님은…… 한 번도 절 야단친 적 없어요. 지금껏 살
면서 단 한 번도."

살면서 단 한 번도 부모님에게 야단맞은 적 없는 인생도 있구
나. 누구는 출출해서 라면 한 개 끓여 먹어도 온갖 욕을 먹는데.

"우리 부모님, 무지 바쁘거든요. 아빠는 사업하고, 엄마는 미
대 교수고, 두 분 다 툭하면 해외 출장, 학회 다니느라 집에 있는
때가 없어요. 그리고……."

"그리고?"

"제 아이큐가 140이 넘거든요. 초등학교 3학년 때 받은 검사
결과예요. 지금은 더 나갈지도 모르고요."

좌중에 썰렁한 침묵이 흘렀다. 얘…… 지금 우리 앞에서 집

안, 스펙 자랑하는 거야? 한소리하려는 나 대신 화영이가 이윤지에게 따져 물었다.

"그게 왜 속상한데? 아이큐 높고 부모님 잘나가고, 속상할 일이 전혀 아니잖아?"

"……우리 윤지, 알아서 잘하고 있지?"

느닷없는 소리에 우리는 어안이 벙벙해졌다.

"엄마 아빠는 언제나 그렇게만 말해."

"엉?"

"난 머리도 좋고, 뭐든 알아서 잘하는 애니까 걱정 없다고. 우리 부모님은 항상 그렇게만 말해. 마치 나는 아무 고민도 하지 않고 살 수 있다는 것처럼, 당연한 듯이……."

윤지의 부모님은 무척 바쁜 사람들이었다. 유명한 미대 교수인 어머니는 각종 전시회와 해외 비엔날레에 열정을 쏟느라 대학교 방학 중에는 집에 없는 날이 더 많았고 무역 회사를 운영하는 아버지는 한 번 해외 출장을 나가면 한 달은 집에 돌아오지 않았다. 부모님은 외동딸 곁에 있어 주지 못하는 미안한 마음을 아낌없는 교육비 지원으로 표현했다. 윤지는 매일 학교 수업이 끝나고 세 시간 동안 여러 종류의 학습지와 문제집을 풀었고, 주말에는 딱히 아무도 시키지 않았는데 혼자 도서관에 찾아가 책을 읽고 독후감을 썼다. 저 혼자 알아서 공부하는 딸이라니! 윤지의 부모님은 윤지를 대견히 여겼다. 그러는 동안 윤지가 또래 친구들과 어울려 놀 시간은 점점 줄어들었다. 중학생이 될 무렵에는 친구라고 부를 만한 아이들이 세 손가락 안에 꼽힐 정도밖에 남지 않았다.

중학교에 들어와 처음 본 모의고사에서 윤지는 전교 3등을 했다. 구체적인 숫자로 자신의 성적을 확인하는 것은 처음이었다. 담임 선생님에게 칭찬을 듬뿍 들은 윤지는 집으로 달려와 부모님께 성적표를 보여 드렸다. 하지만 그날도 바쁜 일정에 정신이 없던 부모님은 윤지가 내민 성적표를 딱 이 초 정도 들여다보고는 바로 돌려주었다.

—잘했네. 수고했다 우리 딸.

그게 전부야? 그 정도 칭찬은 초등학생 때 신물이 나게 들었다. 이제 중학생이니 초등학생 때보다 훨씬 큰 칭찬을 들으리라 믿었던 윤지는 부모님의 미적지근한 반응에 낙심했다. 한참을 고민한 윤지는 자신이 1등 아닌 3등에 머물렀기 때문에 부모님이 칭찬해 주지 않는다는 결론을 내렸다. 윤지는 전교 1등을 목표로 코피가 터지도록 공부했다. 그러나 다음 시험에서도 윤지의 성적은 전교 3등이었다. 부모님은 매번 칭찬해 주었지만, 미적지근했다.

2학년이 되어도 윤지는 계속 전교 3등에 머물렀다. 전교 1등과 3등 사이에는 영영 건널 수 없는 강이 있는 것 같았다.

—전교 3등이면 잘한 거지. 안 그래?

윤지의 부모님은 윤지가 1등에 연연하는 것을 이해하지 못했다. 부모님은 다른 집 아이들처럼 일일이 잔소리하지 않아도 알아서 공부하는, 그리하여 자신들이 무엇보다도 중요하게 여기는 사회생활에 지장을 주지 않는 기특한 딸에게 만족할 뿐이었다. 어느 날, 윤지는 어머니의 화장대 위에 올려놓은 모의고사 성적표에 먼지가 뽀얗게 쌓인 것을 발견했다. 마음 한구석이 무너지는 기분이었다. 윤지는 초등학교 3학년 때 담임 선생님이 자신의 아이큐 지수를 말해 주던 순간 어머니가 자신을 향해 활짝 웃을 때 얼마나 가슴이 벅찼는지 똑똑히 기억하고 있었다. 그런데 이제 부모님에게 윤지의 전교 3등은 당연한 것이 되고 말았다.

걱정하고 야단치지 않는다는 것은 기대도 관심도 없다는 뜻이다. 부모님은 자신을 어차피 3등밖에 못 하는 아이라고 생각하는 건지도 모른다. 집에 혼자 있는 동안 그런 생각은 점점 커져서 다른 생각들을 집어삼켜 버렸다. 마침내 윤지는 아무리 노력해도 3등밖에 하지 못하는 자신을 미워하기 시작했다.

윤지에게 여드름이 나기 시작한 것은 중학교 3학년 때, 과학고등학교 입시를 치르면서였다. 시험 날 아침 일찍 일어나 거울을 봤더니 전날까지 깨끗했던 이마에 커다란 화농성 여드름 세 개가 나란히 돋아나 있었다. 과고 입시의 결과는 불합격이었고 윤지의 예비 합격자 대기 순위는 공교롭게도 여드름 개수와 같은 3번이었다. 추가 합격자 명단에 자신의 이름이 없는 것을 확인한 윤지는 밤새 울었다.

그해 기말고사 보기 하루 전에 여드름은 다시 모습을 드러냈다. 이번에는 이마가 아닌 뺨에 여드름 세 개가 돋아났다. 기말고사 결과도 언제나처럼 전교 3등이었다. 고등학교에 들어가고 처음 본 모의고사 날 아침에도 어김없이 여드름 세 개가 나란히 돋았다. 그 모의고사의 결과 역시 전교 3등이었다. 그 후로도 계속 시험 날 아침이나 그 전날 저녁마다 여드름이 꼭 세 개씩 생겨나는 이상한 현상이 일어났다.

윤지는 자신이 숫자 3의 저주에 걸렸다고 생각하기 시작했다. 수학 공부를 하다가도 숫자 3이 눈에 들어오면 온몸에 소름이 돋았다. 심지어 스마트폰의 3번 버튼에도 손을 대지 못하게 되었다. 얼굴을 수놓은 여드름을 보면 식욕이 뚝 떨어졌다. 몸무게는 죽죽 떨어져 38킬로그램까지 내려갔다. 성격은 갈수록 날카로워졌다. 그렇게 윤지는 외톨이 괴짜가 되었다.

고등학교 2학년 1학기 마지막 기말고사를 하루 앞둔 날, 어김없이 여드름이 생겨났으리라 포기한 마음으로 거울을 들여다 본 윤지는 깜짝 놀랐다. 얼굴에는 예전에 생겼던 여드름의 흉터만 가득할 뿐, 새로운 여드름은 한 개도 생겨나지 않은 것이었다. 자고 일어나도 여드름은 보이지 않았다. 그날 윤지는 난생처음으로 전교 1등을 차지했다. 세상을 전부 손에 넣은 기분이었다. 하지만 다음 학기 모의고사에서 윤지는 또다시 3등으로 미끄러졌다.

모의고사 전날 밤에는 어김없이 여드름 세 개가 돋아났다. 중간고사 때도 역시 여드름이 났고, 결과는 전교 3등이었다.

이른바 여드름 징크스였다. 시험 전날 여드름이 나지 않으면 1등을 하고, 여드름이 나면 3등에 머문다. 고로 1등을 하려면 여드름이 나지 않아야 한다. 윤지는 부모님께 피부과 병원에 보내 달라고 울며 애원했다. 생전 떼를 부린 적이 없는 윤지의 극성에 놀란 부모님은 황급히 윤지를 유명한 피부과 병원에 데려갔다. 의사의 처방대로 약을 먹어도 그때뿐이었다. 한약을 지어 먹어도 효과는 없었다. 중요한 시험이 다가오면 여드름은 어김없이 돋아났다.

우등생 딸이 이런 황당한 사춘기를 맞이할 줄이야. 안정적인 사회생활에 위협을 느낀 부모님은 마침내 윤지에게 피부과 병원비를 지원하지 않는 제재를 가했다. 그런 와중에 윤지는 아르주만드 뷰티 살롱의 광고문을 발견한 거라는 이야기였다.

"뭐야, 그렇다면 너는 예뻐지려고 뷰티 살롱에 온 게 아니라……."

"난 여드름을 없애려고 온 거야. 여드름만 없어지면 다시 전교 1등을 할 수 있을 테니까."

여드름이랑 등수가 무슨 상관이라고. 전교 3등씩이나 하면서 뭐가 아쉬워서 끝끝내 1등을 하겠다고 난리일까. 나는 이윤지를 이해할 수 없었다.

"전교 3등도 대단하잖아? 도대체 왜 그렇게 1등에 집착하는 거야?"

"1등 해 보기 전에는 절대 몰라. 내 이름 위에 아무도 없는 기분이 얼마나 황홀한지 네가 어떻게 알겠어?"

윤지는 눈물과 콧물로 범벅이 된 얼굴로 소리쳤다. 퀭한 두 눈에서는 광기마저 번뜩였다.

"너 지금 전교에서 논다고 잘난 척하냐?"

내가 어깨를 한 대 탁 치며 으르대자 윤지는 소스라치며 외쳤다.

"지금 날 폭행하려는 거야?"

나는 기가 차서 그만 웃어 버렸다. 말이나 못 하면. 전교 1등이랑 2등은 공부도 잘하고 성격도 좋더만.

"얘 울잖아. 그만해."

화영이 만류했다. 만두 언니는 주방에서 차가운 물수건을 가져와 윤지의 눈 위에 올려놓아 주었다.

"이래야 부기가 금방 빠져."

윤지는 눈에 물수건을 올린 채 계속 코를 훌쩍였다. 윤지가 쉽게 눈물을 그칠 기미가 보이지 않자 만두 언니는 벌떡 일어나더니 기운차게 소리쳤다.

"자, 다 함께 지금부터 삼 분 동안 뷰티 체조 마무리 동작을 하자!"

"네? 체조는 아까 다 했잖아요?"

"마무리 동작만 하면 돼. 자, 정신을 집중하고, 다리 들고. 와히드, 이스난, 살라쌰!"

우리는 만두 언니가 시키는 대로 마무리 동작을 취했다. 윤지도 탱탱 부은 얼굴로 비틀거리며 까치발로 뛰었다. 마무리 동작을 끝내고 만두 언니가 윤지의 등을 두드리며 말했다.

"어때? 기분이 좀 나아지지?"

윤지는 콧물을 훌쩍이며 고개를 끄덕였다. 마무리 동작만 하면 거짓말처럼 고뇌가 사라진다. 신비한 페르시아 고대의 힘이여!

"오늘 수업은 이만 끝내자."

우리가 가방을 챙기는 동안 오마르가 돌아왔다. 만두 언니는 오마르를 보자마자 부탁했다.

"오마르! 미안하지만 바그다드 사인분만 부탁해."

"지금 마그립 시간인데."

"잠깐만 부탁해. 내가 만들면 맛없는 거 자기도 알면서."

오마르는 한숨을 쉬더니 주방으로 들어갔다. 곧이어 바그다드 즉석 떡볶이가 나왔다. 언니는 우리를 테이블에 눌러 앉혔다.

"이거 먹고 가렴. 오늘은 특별히 절반 값만 받을게."

평소보다 훨씬 수북하게 담긴 떡볶이에서 만두 언니의 배려하는 마음이 느껴졌다. 바그다드 즉석 떡볶이의 중독적인 맛을 즐기는 동안 우리는 잠시나마 즐겁게 웃고 떠들 수 있었다. 우리는 윤지를 제 집 앞까지 바래다주었다. 나는 내키지 않았지만 만두 언니의 부탁 때문에 어쩔 수 없었다.

윤지네 집은 우리 동네에서 제일 비싸고 넓은 평수의 신축 아파트였다. 아파트 정문 앞에서 윤지가 딱딱하게 말했다.

"이제 됐으니까 그만 돌아가도 돼."

"야, 우리 지금 너 때문에 십 분 넘게 돌아서 왔거든? 고맙다는 말도 안 나오냐?"

내가 내쏘자 화영이 팔꿈치로 내 등을 쿡 찔렀다.

"싸우지 좀 마라."

"얘 말하는 게 재수 없잖아!"

버럭 고함을 지르자 윤지는 화들짝 놀라며 물러섰다. 울 엄마에게 물려받은 못된 성질이 꿈틀거렸다. 나는 힘껏 빈정거렸다.

"참 이해 안 가네. 예뻐지려고 뷰티 살롱을 다니는 거라면 몰라도, 성적 때문에 뷰티 살롱에 다닌다니 이상하잖아? 솔직히 여드름 때문에 성적이 떨어진다는 게 말이 되냐? 너 무슨 망상증이라도 있는 거 아냐?"

"망상이 아니라 진짜거든?"

"그냥 예뻐지고 싶은데 괜히 잘난 척하려고 성적 핑계 대는 거 아냐?"

"한두 번이 아니라 열 번 넘게 같은 현상이 반복되었다고. 엄청 유명한 피부과까지 다녔는데도 낫지 않아서 뷰티 살롱에 오게 된 거란 말야. 내가 얼마나 힘들었는지도 모르면서!"

윤지는 울먹이며 외쳤다. 아파트 경비 아저씨가 수상한 눈빛으로 우리를 힐끔거렸다. 화영이 한숨을 쉬며 중재에 나섰다.

"사람마다 사정이 다 있는 거지. 그냥 놔둬."

"여자의 외모란 젊은 시절 한때뿐이야. 사회적 지위가 높으면 아무도 외모 같은 걸 꼬투리 잡아서 비난하지 못하는 법이야."

나는 참지 못하고 내쏘았다.

"그러면 왜 너는 전교 3등이나 하면서 왕따나 되니?"

윤지의 얼굴이 순식간에 어두워졌다. 윤지는 뭐라고 항변하려는 듯 입을 열었지만 아무 말도 하지 못하고 그대로 입을 다물더니 훌쩍이기 시작했다. 화영은 아까보다 더 세게 내 등을 팔꿈치로 내찔렀다.

"야, 얘 더 심하게 울기 전에 빨리 사과해. 경비 아저씨가 뭐라 그럴라."

화영이 다그쳤다. 나는 대충 사과했다.

"왕따라는 말은 취소할게."

윤지는 줄줄 흐르는 눈물을 손등으로 닦으며 말했다.

"그래, 난 왕따 맞아. 그게 뭐 어쨌는데? 나 따 시키는 애들은 전부 아둔하고 멍청한 애들이야. 난 꼭 여드름 없애고 전교 1등을 하고 말 거야. 그러면 날 왕따 시키는 애들도 입 닥치게 될 거라고."

"네가 착각하는 게 있는데, 네가 왕따 당하는 건 등수 때문이 아니라 말하는 싸가지 때문이거든?"

"내 말투가 뭐가 어때서?"

"네 말투가 얼마나 기분 나쁜지 한번 녹음해서 들려줄까? 잘난 척하는 걸로밖에는 안 들리거든? 그런 식으로는 아무리 전교 1등 많이 해 봤자 계속 왕따 당하고 살걸."

"나는 잘난 척하려고 한 적 없어."

진짜 말 안 통하네. 다시 성질을 부리려는 나를 막고 화영이 끼어들었다.

"지금 너랑 싸우자는 게 아니라 충고해 주는 거잖아. 너도 계속 왕따 당하는 건 싫을 거 아냐? 그러니까 말 좀 들어. 언니도 긍정적으로 생각하라고 했잖아?"

"너네가 선생님도 아니고, 내가 왜 너네 말을 들어야 하는데?"

"아 진짜. 야! 죽을래?"

내가 주먹을 치켜들자 윤지는 파르르 떨더니 더 크게 훌쩍이기 시작했다. 화영이 내 팔을 움켜잡으며 화를 냈다.

"하지 말라고!"

"넌 저딴 소리 하는데 화도 안 나?"

"난…… 나는 진짜 잘난 척하려고 그런 거 아니란 말야."

윤지는 눈물 콧물을 줄줄 흘리며 연거푸 중얼거렸다. 이러면

108

싸울 마음도 생기다가 만다. 나는 고개를 절레절레 저으며 가방에서 주유소 휴지를 꺼내 윤지에게 건네주었다. 윤지는 휴지를 뽑아 성대하게 코를 풀었다.

"난 이만 집에 갈래. 데려다 줘서 고마워."

윤지는 기어 들어가는 소리로 그렇게 말하더니 아파트 현관으로 달려가 버렸다. 난리 칠 때는 언제고 고맙대? 웃기는 계집애 다 보겠네.

"에휴. 화 좀 냈다고 바로 쫄기는. 쟤 진짜 이상하지 않아? 여드름이 어쩌고 하는 것도 그렇고. 전교 3등씩이나 하면서 뭐가 부족하다고 저런대?"

화영은 운동화 끝으로 보도블록을 툭툭 차며 중얼거렸다.

"나는 윤지가 하는 말 이해 가."

"진짜?"

"나도 중학교 때는 윤지처럼 1등에만 목숨 걸고 살았어. 1등 아니면 무조건 패배자라고 믿으면서."

"뭐야. 그런 게 어디 있어?"

화영은 진지한 눈으로 나를 바라보았다.

"너는 올림픽 때 은메달이나 동메달 딴 우리나라 선수 이름 기억해?"

"아니? 금메달 말고는 잘 모르겠는데. 다들 잘 모르잖아."

"것 봐. 1등 아니면 아무도 기억 안 해 주지. 그래서 내가 배구부를 때려치운 거야. 수십 개 넘는 팀들 중에서 3등을 해도, 2등을 해도 패배자 취급당하는 게 억울해서."

2등이나 3등을 해도 패배자로만 남아야 한다니, 불공평하다. 그러고 보면 윤지도 전교 1등 하기 전에는 부모님 앞에서 항상 패배자일지도 모른다. 내가 살을 빼기 전에는 우리 엄마한테 창피한 딸일 수밖에 없는 것처럼.

"넌 여드름 어쩌고 하는 소리도 이해 가?"

"흠. 유명한 선수들한테는 꼭 징크스가 있어. 운동화 끈을 왼쪽 발부터 매야 한다거나, 목걸이나 반지를 지니고 뛰어야 한다거나."

"뭐야. 미신 같아."

"1등을 바로 눈앞에 두고 미끄러지면 얼마나 스트레스 받는 줄 알아? 징크스도 미신도 믿을 수밖에 없어. 난 두 번 다시는 배구 안 해. 아니, 운동 안 할 거야."

나는 조심스레 화영에게 물었다.

"그럼 앞으로 뭐 하고 싶은데?"

"글쎄. 생각해 본 적 없어. 모델이나 해 볼까."

"치마도 못 입으면서 어떻게 모델을 한다고. 그나저나 넌 왜 남자 옷만 입어?"

화영이 얼굴을 팍 구겼다.

"또 그 소리야? 네 알 바 아니라고 했잖아."

"대답 안 해 주니까 더 궁금하단 말야. 왜 남자처럼 하고 다녀? 레즈비언도 아니라면서."

"자꾸 레즈비언 타령 할래?"

"그럼 남자 친구 사귄 적 있어?"

내가 집요하게 물고 늘어지자 화영은 포기하고 대답했다.

"중학교 때…… 딱 한 번 남자 만난 적은 있어."

"헐! 뭐 하는 사람이었어? 동갑? 선배?"

"대학생이었어."

제법인데? 화영을 쫓아다니는 애들한테 이 이야기 들려주면 난리 나겠다.

"왜 헤어졌어?"

"차였다. 어쩔래?"

"왜 차였는데?"

화영은 자꾸 물어보는 나를 한 대 쥐어박고 싶은 얼굴로 내려다보더니 한숨을 푹 쉬며 보도블록 위에 주저앉았다.

"내가 너무 어리고…… 남자애 같다고."

"뭐야! 그럴 거면 애초에 사귀질 말든가."

"그러게나."

널찍한 화영의 어깨가 축 처졌다. 화낼 줄 알았는데 기가 죽네. 풀 죽은 화영은 엄청난 비밀을 털어놓듯이 중얼거렸다.

"사실 난 배구에 별 관심 없었어."

"그런데 왜 배구부에 들어간 거야?"

"남동생 돌보기 싫어서."

무슨 소리야. 어리둥절해하는 나에게 화영이 말했다.

"남동생이 막내인데 아직 어려. 바로 위 누나인 나랑 열두 살 차이 나니까. 엄청난 늦둥이지. 울 집은 딸만 셋이었거든. 엄마 아빠가 마흔 넘어까지 아들 욕심 포기 못 하고 낳은 게 막내야. 암튼…… 엄마 아빠는 음식점 하시느라 무지 바빴고, 언니 둘이 돌아가며 막내를 키웠어."

"근데? 그게 배구부랑 무슨 상관인데?"

"사람 말 좀 끝까지 들어. 그런데 내가 중학교 들어갈 때 즈음 해서 언니 둘이 더 이상 막내를 돌보지 않게 된 거야. 큰언니는 시집을 갔고 둘째 언니는 취업을 했어. 꼭 내가 중학생이 되어서 막내를 돌보기만 기다렸다는 듯이. 하지만 난 도저히 언니들처럼 막내를 돌볼 자신이 없었어. 엄마 아빠는 막내만 예뻐했으니까. 아기 보다가 조금만 실수해도 벼락이 떨어졌다고. 그러던 참에 배구부 코치가 나한테 배구부에 들어오라고 제안했던 거야. 키랑 체형이 딱이라면서. 마침 잘됐다 싶어서 냉큼 가입했어. 그 뿐이야."

"이해 간다. 그런데 배구부 생활도 만만찮았을 것 같은데? 나 다니던 중학교에도 배구부가 있었는데, 애들 엄청 힘들게 운동 했거든."

"맞아. 홧김에 들어갔지만 진짜 힘들었어. 합숙은 기본이고, 기합 받고 두들겨 맞는 것도 기본이고. 시합 지면 코치한테 욕먹지, 수업 시간에는 선생님한테 엎드려 잔다고 욕먹지."

"힘들면 그냥 관두지 그랬어?"

"그때는 그런 생각 못했어. 막내 돌보느니 운동하는 게 낫다는 생각뿐이었어."

"남동생이 그렇게 싫었어? 난 동생이 없어서 그런지 잘 모르겠다."

"아냐. 막내가 미운 건 아냐. 걔가 뭘 안다고 미워해. 그냥, 난…… 내가 희미해지는 게 싫었어."

희미해진다니, 사람이 기름종이도 아니고. 무슨 말일까.

"난 집에서 투명인간이야. 우리 엄마 아빠는 오로지 막내만 바라보니까. 배구부 합숙 때문에 집에 며칠씩 못 들어가도, 성적이 떨어져도 우리 엄마 아빠는 별 신경도 안 썼어. 하지만 배구부에서는……."

"거기서 너는 투명인간이 아니었구나."

"그래."

화영은 힘없이 답했다. 그랬을 거다. 화영이 나온 중학교는 전국 중학 배구부에서 1, 2위를 다투는 강팀이라고 들었다. 배구부의 왕자님은 인기 폭발이었을 거다. 단 시합에서 이긴다는 전제하에서.

"하지만 너 결국 배구부 관뒀잖아."

"관둔 거 아냐. 배구부가 해체되어서 나왔지. 너 혹시 이 년 전에 내가 다녔던 중학교에서 터졌던 폭행 사건 기억해? 뉴스에도 뜨고 장난 아니었는데."

뭐였더라. 기억을 더듬어 보자 화영이 말하는 배구부 폭행 사건이 어렴풋이 떠올랐다. 화영이 말대로 엄청 큰 사건이었다. 전국소년체육대회 결승전에서 1점 차이로 2등에 머무른 것이 사건의 발단이었다. 배구부 전원이 한여름 땡볕에 절절 끓는 운동장에서 엎드려뻗쳐 기합을 받았다. 그 정도로는 분을 삭이지 못했는지 코치는 엎드린 실책 선수의 허리를 모질게 걷어찼고, 그 선수는 척추 장애를 안고 살게 되었다. 다친 아이의 부모님은 사건을 언론에 알렸고 코치가 만성 알코올 중독자였다는 사실이 드러났다. 코치는 퇴출되었고 배구부는 하루아침에 폭력 집단으로 낙인 찍혔다. 코치가 퇴출되자 전국대회 성적은 바닥을 기었다. 배구부가 학교 이미지에 먹칠만 한다는 결론을 내린 교장은 배구부를 해체했다.

"학교 이름에 먹칠한 건 우리 배구부 애들이 아니라 코치였는데……."

배구를 그만두자 화영은 앞이 막막했다. 삼 년 동안 운동에만 매진한 탓에 공부는 한참 뒤처졌고 마음 통하는 친구도 없었다. 화영은 집에 틀어박혀 인터넷에서 TV 드라마 수백 편을 다운 받아 보며 시간을 죽이다가 드라마 마니아 카페 활동을 시작했다. 카페에 드라마 관련 자료를 열심히 올리며 온라인 친구도 많이 사귀었다. 인터넷에서는 단지 여자라는 사실만으로 많은 사람들의 흥미를 모을 수 있다는 사실을 처음 알았다.

화영이 남자 친구와 처음 만난 곳은 드라마 카페에서 주최한 정기 모임이었다. 대부분 대학생과 고등학생들로 이루어진 모임에서 중학생 여자아이는 화영 혼자뿐이었다. 처음 만난 사람들은 화영을 사내아이라고 생각했다. 오직 그 남자만이 유일하게 첫눈에 화영이 여자라는 걸 알아보았다.

—이야, 여자치고 엄청 크네?

그 남자의 첫 인사였다. 남자는 서울에서 세 손가락 안에 꼽히는 명문대의 법과 대학을 다니는 대학생이었다. 키도 크고 얼굴도 잘생겼다는 그 남자는 드라마 카페의 인기 회원이었다. 남자에게 노골적으로 유혹의 눈길을 보내는 여성 회원들도 제법 있었지만 그는 유달리 화영에게 관심을 보였다. 처음에 화영은 남자가 불편했다. 그동안 어른 남자라고는 반 평균 깎아 먹는다며 눈치 주는 담임 선생님과 툭하면 야구 배트를 휘두르는 배구부 코치밖에 몰랐기 때문이다. 모임이 해산될 때 즈음 남자는 화영을 동네 전철역까지 바래다주겠다고 했다. 한사코 사양하는 화영에게 남자는 진지하게 말했다.

—여자애가 밤늦게 혼자 다니면 위험하잖아.

—저는 혼자서도 잘 다니는데요?

—그래도 여자애는 조심해야 해.

남자는 잘생긴 얼굴로 웃으며 화영의 더벅머리를 쓰다듬었다. 화를 내야 할지 부끄러워해야 할지 중학생 화영은 알 수 없었다. '여자애가 운동해서 뭐 해.', '여자애 덩치가 너무 크다.' 그동안 화영이 들어 온 '여자애'로 시작하는 말은 그런 것뿐이었으니까. 그 후로 남자는 카페 쪽지나 문자를 보내며 화영과의 사이를 좁혀 갔다. 남자는 종종 화영의 외모를 칭찬하고는 했다. 모델 같다, 성숙하다……. 처음에 화영은 그런 소릴 들을 때마다 민망해 죽을 것 같았지만 조금씩 기분이 좋아졌다.

남자는 화영이 배구부를 그만두게 된 사연을 듣더니 화영에게 공짜로 과외를 해 주겠다고 제안했다. 그 뒤로 남자와 화영은 카페 모임을 떠나 단둘이 만나기 시작했다. 남자는 처음 한두 번은 공부를 가르쳐 주는가 싶더니 점차 화영을 데리고 노래방이며 음식점으로 놀러 다니는 날이 많아졌다. 그러던 어느 날 남자는 화영에게 자신을 '오빠'라고 부르지 않으면 더 이상 만나지 않겠다는 선언을 했다. 그때까지 화영은 남자에게 사내아이마냥 '형'이라는 호칭을 쓰던 터였다. 어색하고 창피했지만 화영은 남자가 시키는 대로 그를 오빠라고 불렀다.

오빠라고 부른지 얼마 지나지 않아 남자의 생일이 돌아왔다. 화영은 작은언니의 구두와 치마를 몰래 꺼내 입고 생일 케이크

를 사 들고 남자를 만나러 갔다. 남자는 치마 입은 화영을 보고
칭찬을 아끼지 않았다.

―너 오늘 진짜 예쁘다! 앞으로도 계속 치마만 입어라!

남자는 길을 걷다가 지나가는 여자들을 평가하는 습관이 있
었다. 세상 여자들의 대부분이 남자 눈에는 한심해 보였다. 못생
긴 여자, 뚱뚱한 여자, 머리 빈 여자. 그중에서도 남자는 머리 빈
여자를 제일 혐오했다. 여자답지 못한 데다가 공부도 못 하는 화
영은 남자에게 부끄러운 여자가 되기 싫었다.

―공고, 상고 나온 애들하고 어떻게 어울려? 수준이 맞아야
놀아 주지.

남자가 지나가듯이 던진 말에 놀란 화영은 한참 손을 놓았던
공부를 시작했다. 이전에는 막연히 성적이 낮으니 실업계 고등학
교에 진학하겠거니 하던 참이었다. 명문대 학생인 남자에게 얕
잡혀 보이기 싫었다. 화영이 공부를 할수록 남자와 만날 시간은
줄어들었다. 그러는 동안 남자는 화영에게 한 번도 먼저 연락하
지 않았다.

잠을 줄여 가며 공부한 끝에 마침내 인문계 고등학교 배정을
받은 날, 화영은 누구보다도 먼저 남자에게 기쁜 소식을 알렸다.
그러나 남자의 반응은 썰렁했다. 그 뒤로도 남자의 태도는 영 미
적지근했다. 자꾸만 바쁘다는 핑계로 거절했다. 어렵게 남자를
불러내 연락이 없는 이유를 캐묻자 남자는 난처한 표정으로 말

했다.

—넌 아직 어려. 앞으로는 그만 만나는 게 서로를 위해 좋겠다.

그 후로 남자는 더 이상 화영의 연락을 받지 않았다. 석 달 동안의 연애는 그렇게 일방적으로 끝을 맺었다. 화영은 사흘 밤낮을 울었다. 아무리 생각해도 남자의 말을 이해할 수 없었다. 뭐가 문제였을까. 공부를 못해서? 어려서? 공부는 이를 악물고 할 수 있지만 시간을 앞질러 나이를 먹을 수는 없다. 남자와 함께 나눈 모든 경험들이 화영에게는 난생처음이었다. 예쁘다는 말을 들은 것도, 눈앞이 캄캄해지는 서러움까지도. 코치에게 따귀를 열두 대 맞았을 때도 이토록 서럽지는 않았다. 화영은 계속 남자에게 문자를 보냈지만 남자는 화영에게 단 한 번도 연락하지 않았다.

시간이 흘러 고등학교 1학년 가을 무렵에야 화영은 답 없는 문자 보내기를 멈추었다. 오랜만에 배구부 시절 친구들을 만나 놀기로 했다. 친구들과 만나기로 한 장소는 하필이면 남자와 자주 놀러 다니던 번화가였다. 찜찜한 기분을 떨쳐 내려 애쓰며 친구들과 패스트푸드점 창가 자리에 앉아 있는데 문득 창밖으로 낯익은 뒷모습이 보였다. 그 남자였다.

버스 정류장 앞에 선 남자의 옆에는 처음 보는 여자가 있었다. 남자의 손이 여자의 손을 꼭 쥐고 있었다. 여자는 시종일관 남자를 바라보며 즐거운 듯 웃고 있었다. 화영은 저도 모르게 자리를 박차고 가게 밖으로 뛰쳐나갈 뻔했지만 그보다 먼저 버스가 도착했고 남자와 여자는 버스를 타고 가 버렸다. 그 낯선 여자를 바라보는 남자의 만족스러운 표정을 잊을 수 없었다. 대학생일까? 어느 모로 봐도 화영보다 훨씬 성숙하고 여자다워 보였다.

다음 날 화영은 간신히 귀 밑까지 기른 머리를 배구부 시절처럼 짧게 깎아 버렸다. 화영은 예전처럼 사내아이 같은 차림새를 하고 여자아이들의 환호성을 몰고 다녔다. 모든 것이 그 남자를 만나기 전으로 돌아갔다. 하지만 더 이상 예전 같은 성취감은 느낄 수 없었다. 화영은, 다시 투명해져 버렸다.

"와. 짱 재수 없는 놈이네."

화영의 긴 연애 이야기를 들은 나는 혀를 찼다.

"나도 이런 얘기 하기 쪽팔려."

"혹시나 해서 물어보는 건데…… 너 그 남자랑 잔 건 아니지?"

진지한 내 질문에 화영은 꼬리 밟힌 고양이처럼 비명을 질렀다.

"안 했어! 몇 번이나 하자고 했는데 내가 끝까지 안 한다고 했다고."

"혹시 그 자식, 네가 안 자 줘서 헤어지자 그런 거 아냐? 남자들 속마음은 다 그렇다며?"

화영은 날 지긋이 노려보았다.

"너…… 가만 보면 말하는 게 은근 사람 열 받게 한다?"

"우리 엄마 닮아서 그래. 아무튼 넌 왜 뷰티 살롱에 온 거야?"

"뷰티 살롱에서 여자다워져서 그 사람을 다시 만나려고."

"그 남자랑 다시 만나서 뭐 하게?"

"다시 나한테 반하게 만들 거야."

나는 그만 헛웃음을 터트릴 뻔했다. 그러나 화영의 표정은 진지하기 짝이 없었다.

"반하게 만들어서 어쩌게? 이번에는 네가 차 버리게?"

내 질문에 화영은 이마를 찌푸리며 소리쳤다.

"몰라. 그다음에 뭐 할지는 생각 안 했어. 아무튼 그 자식한테 내 변한 모습을 보여 줄 거야. 그래서 나를 차 버린 걸 후회하게 만들어 줄 거야."

진정한 복수는 그 남자를 깨끗이 잊어버리는 게 아닐까? 사랑에 빠진 여자는 무모해진다는 말이 정말인가 봐. 하긴 지금껏 연애 한번 못 해 본 내가 사랑에 대해서 뭘 알겠느냐만.

나는 구름에 반쯤 잠긴 달을 올려다보며 중얼거렸다.

"솔직히 나는 네가 부러워."

"내가 부럽다니 무슨 소리야?"

"어쨌거나 잘생기고 좋은 대학 다니는 남자랑 사귀어 봤잖아? 내가 너처럼 날씬했으면 진작 남친 만들었을걸. 우리 오빠도 나보고 돼지라며 무시해. 난 연애는 글러먹은 것 같아."

"내가 보기엔 너 하나도 안 뚱뚱한데."

"말이라도 고맙네. 그나저나 내가 지은 아르주만드 언니 별명 너한테도 알려 줄까?"

"주인 언니 별명? 뭔데?"

"만두 언니! 아르주'만드'라서 만두 언니야. 어때? 귀엽지?"

"하나도 안 귀엽다 야. 언니 귀에는 안 들어가게 해라."

화영과 나는 보도블록 위에 주저앉아 밤하늘을 바라보며 많은 이야기를 나누었다. 어쩌다가 이렇게 눈곱만큼도 닮지 않은 세 명이 뷰티 살롱에 모였을까. 겉보기에는 전혀 닮지 않은 우리는 각자가 속해 있는 세상에서는 한참 모자란 아이들이라는 점에서는 똑 닮아 있었다. 이상한 여자와 수상한 외국인이 꾸리는 허름한 떡볶이 집 속 뷰티 살롱은 어느 한구석씩 모자란 우리가 몸을 숨기기에는 최적의 장소였다.

아르주만드 뷰티 살롱은 번데기였다. 그리고 만두 언니는 화려한 날개를 지닌 나비였다. 언니는 화려한 날개를 보란 듯이 퍼덕이며 우리에게 끊임없이 속삭였다. 우리는 번데기 속에서 혹독한 겨울을 나는 작은 애벌레이며, 석 달 후에는 멋지게 탈피할 거라고.

5

사하라의 모래

검은 승용차를 모는 변태가 우리 학교 후문 근처에 나타났다는 소문이 돌기 시작했다. 야간 자율 학습을 마치고 밤 10시가 넘어서 후문 뒷골목을 혼자 걷던 1학년 아이에게 검은 승용차에 탄 젊은 남자가 길을 물었고, 1학년은 운전석 옆으로 다가가 길을 알려 주었다. 그 순간 운전석 문이 열리고 남자가 손을 뻗어 그 애의 팔을 차 안으로 끌어당기려 했지만 체육 특기생인 그 아이는 온 힘을 다해 남자의 팔을 뿌리치고 도망쳤다는 이야기였다.

소문의 진위를 확인할 길은 없지만 밤늦게 귀가하는 아이들을 공포에 떨게 하기엔 충분했다. 야자 시간마다 남자 선생님들이 번갈아 앞 뒤 교문에서 경비를 섰지만 그뿐이었다. 하지만 나

122

는 별로 걱정하지 않았다. 나처럼 뚱뚱한 애를 납치해서 무슨 득을 보겠다고.

그 주에도 나는 언제나처럼 뷰티 살롱으로 향했다. 몸무게는 500그램이 추가로 빠져나가 63.5킬로그램이 되었다. 그동안 나는 만두 언니의 지침에 따라 열심히 노력했다. 한밤중에 거실로 나가서 뷰티 체조를 하다 방에서 나온 오빠에게 들켜 창피를 당하기도 했다. 별 다른 고생을 하지 않고 1.5킬로그램이 빠진 것은 기뻤지만 목표인 44사이즈까지는 한참 멀었다. 석 달 후에 44사이즈가 되려면 일주일에 3, 4킬로그램씩 팍팍 빠져나가도 모자랄 텐데 말이다. 하지만 만두 언니는 딱히 운동이나 식사 조절을 강요하지 않았다. 프린트에 쓰인 내용만 지키면 된다고 했다. 엄청난 변신을 바라는 건 아니지만 그래도 좀 더 확실히 관리해 주면 좋을 텐데. 이런저런 생각을 하며 가게에 들어가자 만두 언니가 휴대폰에 대고 열심히 떠들고 있었다.

"…… 입금일 좀 미뤄 주세요. 제 사정 아시잖아요. 이번에는 정말이에요. 네, 그럼요."

누구랑 무슨 얘기를 하기에 천하의 만두 언니가 저렇게 쩔쩔 매고 있을까? 평소와는 사뭇 다른 언니의 모습에 궁금증이 일었다. 만두 언니는 휴대폰에 대고 꾸벅꾸벅 고개를 숙이며 간드러지는 목소리로 외쳤다.

"네, 네! 꼭 좀 부탁드려요, 실장님. 제가 조만간 한번 찾아뵐

게요. 댁내 두루 평안하시고요. 네에, 들어가세요오."

만두 언니는 나를 보더니 귀신이라도 마주친 양 소스라치게 놀라며 전화기를 바닥에 떨어트렸다.

"어머나 세상에 하느님 아버지 관세음보살! 간 떨어지는 줄 알았네! 얘도 참!"

"무슨 전화예요?"

떨어진 전화기를 주워 주며 물어보자 언니는 이마에 우아하게 손을 갖다 대더니 땅이 꺼져라 한숨을 내쉬었다. 한참 동안 한숨만 쉬며 뜸을 들이던 만두 언니는 마침내 비장하게 입을 열었다.

"기자들이야."

"네? 기자들이요?"

"날 통해서 우리 엄마와 아버지 이야기를 캐내려는 작자들이지."

기자라니? 입이 떡 벌어졌다. 어느새 화영과 윤지가 도착했다. 우리는 나란히 양탄자에 앉아 만두 언니의 이야기를 들었다.

"실은 내 아버지는 친아버지가 아니야. 그분은 나의 세 번째 아버지셨지."

이건 또 무슨 이야기야. 만두 언니는 청산유수로 말을 이어 나갔다.

"내 친아버지는 동네에 소문난 망나니였어. 그나마도 내가 태어나자마자 병으로 돌아가셨단다. 두 번째 아버지는 마음은 착했지만 바람기가 있었지. 결국 참다못한 우리 엄마는 날 데리고 이혼하셨어. 하지만 세 번째 아버지는 달랐어. 우리나라에서 열 손가락 안에 꼽히는 대기업의 중역이었는데, 우리 엄마랑 사귀고 나서 바로 지사장으로 승진하셨지."

"대기업 사장이요? 어떤 대기업인데요?"

"미안하지만 그건 비밀이야. 무덤에 들어갈 때까지 비밀을 지키는 대가로 아버지의 비서로부터 거액의 돈을 건네받았거든. 아무튼, 세 번째 아버지는 정말 좋은 분이었어. 나를 친자식보다 더 아껴 주셨으니까. 초고층 빌딩 건설 사업 때문에 이란으로 건너가면서 나랑 어머니를 함께 데려가셨어. 그때는 우리 어머니도 나도 행복했었지…… 아버지의 본처에게 들통 나기 전까지는."

"본처라뇨? 아버지에게 다른 부인이 있었어요?"

"말하자면 우리 엄마는 첩이었던 거야."

"첩이요?"

만두 언니는 마음이 아픈 듯 왼쪽 가슴 위에 고운 손을 얹었다. 언니가 드라마 주인공이었다면 배경음악으로 구슬픈 클래식 음악이 깔리면서, 열혈 시청자 아줌마들은 텔레비전을 향해 손가락질을 하며 '저런 못된 놈을 봤나…… 쯧쯧!' 하고 추임새를 넣었을 텐데.

"돈 많고 가진 작자들이 하는 짓이란 게 그따위란다. 아직도 잊을 만하면 기자들이 전화를 걸어 와. 도대체 어떻게 내 휴대폰 번호를 알아냈는지도 모르겠어. 추잡한 가십거리를 만들려고 그러는 거지. 내가 좋게 좋게만 대해 주니 점점 더 기어오르고 있단다. 남의 인생을 팔아서 하루 벌어 하루 먹고사는 한심한 인생들!"

만두 언니는 비천한 평민들을 저택 발코니에서 내려다보는 공작부인처럼 연민과 경멸이 뒤섞인 말투로 중얼거렸다.

"오마르는 어떻게 만났어요?"

내가 다른 이야기를 꺼내자 오만한 공작부인 같던 만두 언니의 얼굴에 순식간에 화색이 돌며 꿈꾸는 소녀 같은 표정으로 변했다.

"내가 오마르를 처음으로 만난 건 사우디아라비아를 여행하는 동안에 묵었던 최고급 호텔의 레스토랑에서였어. 오마르가 갖고 온 메인 디시를 한입 뜨는 순간, 내 머릿속에는 번개 같은 생각이 떠올랐지. 이렇게 뛰어난 셰프와 힘을 합쳐 음식점을 꾸린다면 어떨까 하고."

"그 음식점이라는 게······."

"그래, 바로 이곳이지. 지금은 비록 조그마한 분식집이지만, 언젠가는 근사한 퓨전 레스토랑으로 꾸밀 거야."

사우디아라비아의 최고급 호텔 셰프와 힘을 합쳐 꾸려 낸 음식점이 고작 학교 앞 즉석 떡볶이 집이라고? 들을수록 알쏭달

쏭할 뿐이었다. 그날은 명상도 강의도 전부 취소였다. 만두 언니는 아라비안나이트의 셰에라자드처럼 끝없이 이야기를 늘어놓았다. 언니의 일생은 할리우드 영화를 방불케 했다. 이란까지 쫓아온 재벌 아버지의 본부인에게 수모를 당한 이야기, 낙타를 타고 하던 사하라 사막 여행 중에 만난 예술가와의 불타는 사랑, 호화스러운 지중해 크루즈 여행, 눈 튀어나오게 비싼 호텔과 레스토랑 이야기.

어느덧 저녁 8시가 훌쩍 넘었다. 윤지가 집에 가야 한다고 난리를 친 탓에 간신히 언니의 이야기가 끝이 났다. 만두 언니는 이야기가 중간에 끊긴 것을 못내 아쉬워하며 우리를 배웅해 주었다. 가게를 나와서도 우리는 한동안 지나치게 생생한 꿈에서 막 깨어난 것처럼 아무 말도 하지 못했다. 멍하니 걸어가다가 내가 먼저 말문을 열었다.

"만두 언니가 하는 이야기 너무 드라마 같지 않아? 특히 대기업 사장이 언니네 세 번째 아버지였다는 소리 말야. 첩이라니, 요즘 세상에 그런 게 어디 있어? 오마르 아저씨 얘기도 그래. 최고급 호텔 요리사가 어쩌다가 한국에 와서 떡볶이를 만들겠어?"

윤지는 진지하게 말했다.

"선생님은 미인이시잖아. 말투도 고상하고. 다른 분식집 아줌마들하고는 확실히 다르잖아? 그만큼 몸매랑 피부를 유지하려면 돈 엄청 깨진다. 내가 피부과 오래 다녀 봐서 알아. 그리고 우리 아빠가 그랬는데, 소위 자수성가 출신 부자들이 사생활이 부도덕한 경우가 많대. 아무리 돈이 많아도 어린 시절에 못 배운 건 숨기지 못한다고. 선생님은 그런 사람 아닐 거야."

"뭐야, 원래부터 부자인 사람이 얼마나 된다고. 재벌들이니 뭐니, 툭하면 세금 안 내고 법 어기다가 뉴스에 나오는 건 뭐라고 설명할 건데?"

발끈하는 나를 화영이 말리며 끼어들었다.

"그럼 오마르 이야기는? 사우디아라비아 호텔에서 일하던 사람이 한국에서 떡볶이나 만드는 건 이상하잖아."

"아, 그건 우리 엄마가 그랬는데, 이주 노동자들은 그래 봬도 자기 나라에서는 좋은 대학도 나온 엘리트들이랬어. 그 나라에서 좋은 대학 나와 봤자 한국에서 막일하는 것보다 돈 못 버니까 한국까지 오는 거라고."

일일이 아빠 엄마 타령을 하는 게 참 아니꼬웠다. 그래도 교수 딸에 전교 3등이니까 아예 없는 소리를 하지는 않겠지 싶기도 했다. 화영은 별것 아니라는 듯이 말했다.

"세상에는 은근 드라마 같은 일도 많이 일어나니까. 따져 보면 너한테도 드라마 같은 이야기 한두 개는 있을걸."

나한테 드라마 같은 이야기가 있다고? 기껏해야 아빠 대신 돈 벌어 오는 엄마랑 게임 중독자 오빠가 있을 뿐인데. 따지자면 막장 드라마가 되려나?

"그런데 얘들아. 지금 우리 뒤에 있는 자동차…… 좀 이상하지 않아?"

갑자기 윤지가 낮게 속삭였다. 우리는 동시에 멈추어 서서 뒤를 돌아보았다. 좁은 골목길의 어둠 속에 중형 승용차 한 대가 서 있었다. 방금 전까지만 해도 아무것도 없었는데.

"그냥 자동차잖아?"

우리는 돌아서서 다시 걸었다. 몇 걸음 걷지 않았는데 뒷덜미가 선뜩했다. 우리는 다시 뒤를 돌아보았다. 승용차는 여전히 가만히 서 있었다. 그런데 어쩐지 방금 전보다 좀 더 바짝 붙어 선 것처럼 보였다.

"뭐야. 저 차 지금 우리 쫓아오고 있는 거야?"

덜컥 겁이 났다. 우리는 너 나 할 것 없이 서로 손을 붙들고 빠르게 걷기 시작했다. 등 뒤에서 낮은 엔진 소리가 들려왔다. 승용차는 헤드라이트를 켜지 않은 채 우리의 걷는 속도에 맞추어 뒤를 쫓아오고 있었다. 누가 먼저라고 할 것 없이 점점 발걸음이 빨라졌다. 막 내가 뛰려는 순간, 화영이 강하게 내 손을 움켜쥐었다.

"잠깐, 가만히 있어 봐."

화영은 나와 윤지를 등 뒤에 서게 하고는 돌아서서 허리를 꼿꼿이 펴고 승용차 앞 창을 노려보았다. 승용차는 조금 속력을 내어 우리를 향해 똑바로 다가왔다. 차가 옆으로 지나가는 순간 운전석 문이 열리고 변태들이 튀어나올지도 모른다는 생각에 심장이 마구 뛰었다.

다행히 운전석 문은 열리지 않았다. 새까만 유리창에 극도로 긴장한 우리 셋의 얼굴이 비쳐 보였다. 승용차는 소리 없이 우리를 앞질러 골목 끝 어둠 속으로 사라져 갔다. 나는 얼빠진 목소리로 중얼거렸다.

"뭐야 저거, 그 변태 자동차 맞지?"

"그냥 이 동네 지나가던 차일지도 모르지."

"검은색이었잖아. 우리가 여럿이라 그냥 포기하고 간 거 아냐? 아니면 화영이가 남자인 줄 알고 그랬다거나."

"그랬을지도 몰라. 괜히 빨리 뛰면 더 집요하게 쫓아올 것 같아서 일부러 멈추어 서 본 건데, 그냥 지나가서 다행이다."

화영은 남자 같다는 말에 화도 내지 않고 심각하게 말했다. 그 차가 소문의 검은 승용차인지는 알 수 없었지만 소름 끼치는 경험이었다. 우리는 그날 이후 뷰티 살롱에 갈 때는 꼭 만나서 함께 가기로 약속했다.

월요일 오후에는 온 학교가 검은 승용차 괴담으로 들끓었다. 엊그제 우리가 겪은 이야기는 산꼭대기에 작은 조약돌 하나 얹는 정도밖에 되지 않았다. 이번 피해자는 지난 일요일 밤 12시 넘어 미술 학원에서 귀가하던 3학년 언니였다. 그 언니는 검은 차가 쫓아오는 것을 알아채고 온 힘을 다해 도망쳤는데, 별안간 차가 속력을 내서 쫓아왔다. 언니는 죽어라 뛰어 가까스로 24시간 편의점으로 뛰쳐 들어갔는데, 따라온 검은 승용차가 편의점 바로 맞은편에 멈추더니 웬 젊은 남자가 운전석에서 내려 편의점에 숨은 언니를 빤히 쳐다보고 서 있더라는 것이었다.

검은 승용차가 나타나는 시간은 주로 깊은 밤 11시 이후다. 가끔 더 이른 시간에 나타나기도 한다. 주로 학원이나 독서실에서 혼자 집에 가는 여고생을 노린다. 일부러 헤드라이트를 끄고 움직여서 번호판은 잘 보이지도 않는다. 아이들은 슬슬 하교할 때 무리를 지어 다니기 시작했다. 승용차 덕분에 후문 근처에 있는 가게들도 구설에 올랐다. 후문 바로 옆 골목에 있는 아르주만드 떡볶이 집도 예외가 아니었다.

"거기 외국인 노동자 있다며?"

"맞아. 거기 주방장이 불법 체류자라며. 내가 초등학교 때 안산 공단에 살아서 아는데, 걔네 다 범죄자들이야. 우리나라 여자들 성폭행하고 죽여서 산에다 갖다 버린대. 어쩌다가 불체자가 우리 동네에서 일하게 된 거지? 우리 동네에는 공장도 없는데."

"불법 체류하는 외국인들은 가난하니까 차 같은 건 못 사지 않을까? 내 생각에는 한국 사람일 것 같아."

이런 이야기를 들을 때마다 나는 화가 치밀었다. 오마르가 만든 떡볶이를 맛있다고 먹을 때는 언제고 범죄자 취급이람. 하지만 나처럼 오마르 편에서 생각하는 아이는 거의 없었는지 아르주만드 떡볶이 집의 손님은 점점 줄어들었다. 바그다드 즉석 떡볶이의 맛에 홀려 후문까지 돌아서 오던 아이들은 정문 쪽의 분식집으로 가 버렸다. 만두 언니의 얼굴은 하루가 다르게 어두워졌지만 오마르는 언제나처럼 묵묵히 떡볶이를 만들었다. 나와 화영과 윤시는 아랑곳하지 않고 주말마다 열심히 뷰티 살롱에 나가 명상과 체조를 했다.

떡볶이 집의 손님이 줄어들수록 만두 언니가 인생 역정을 늘어놓는 시간이 길어졌다. 만두 언니는 명상이나 체조를 하다 말고 몇 십 분에 걸쳐 이야기를 하고는 했다. 그리고 강의 중간에 전화가 오는 때가 많아졌다. 전화가 오면 주인 언니는 황급히 뒷방에 들어가 한참 통화를 하고 강의 시간이 끝날 즈음에야 부쩍 초췌해진 얼굴로 나왔다. 때로는 장부 같은 것을 한참 써 내려가다가 머리를 움켜쥐고 "아오아오오!" 하고 괴성을 지르다가 벌떡 일어나 카펫 위에서 우렁차게 "알라! 알라!"를 외치며 마무리 자세를 취하기도 했다.

이 주일이 어영부영 흘러갔다. 우리는 점차 이상해지는 만두 언니에게 신경이 쓰이기 시작했다. 과연 이런 식으로 예뻐질 수 있을까 의심도 들기 시작했다. 돌아온 토요일, 뷰티 살롱에 도착한 우리는 만두 언니가 테이블 위에 엎드려 있는 것을 보고 깜짝 놀랐다.

"언니, 왜 그래요? 괜찮아요?"

달려가 만두 언니의 어깨를 흔들자 부스스 고개를 들었다. 언니는 우리가 귀신이라도 되는 것처럼 멍청하니 바라보더니 한순간에 표정을 바꾸어 생긋 웃었다.

"미안. 너희 기다리다가 잠깐 졸았네."

"언니 어디 아파요? 감기 걸렸어요?"

"아냐. 나는 괜찮아. 꿈이 너무 생생해서."

"무슨 꿈을 꿨는데요?"

"사하라 사막 꿈."

만두 언니의 눈동자는 아직도 꿈속의 사하라 사막을 바라보고 있는 것 같았다. 나는 내심 진저리를 쳤다. 만두 언니의 꿈꾸는 눈빛이 꼭 온라인 게임 세상에만 빠져 있는 오빠의 눈빛 같아서.

언니에게 도대체 무슨 일이 있었던 걸까? 언제나 머리부터 발끝까지 완벽한 단장을 하고 우리를 기다리던 만두 언니는 오늘따라 퍽 흐트러진 모습이었다. 후줄근한 청바지 차림에, 눈 화장은 번져 있고 손톱의 매니큐어는 군데군데 벗겨져 나갔다. 헝클어진 머리를 대충 정리한 언니는 일어나서 뷰티 체조 준비 동작을 시작했다. 나는 영 마음이 찜찜했다. 이대로라면 다이어트고 뭐고 흐지부지될지도 몰라. 체조를 마치고 앉아서 쉬는 도중 나는 참았던 말을 꺼냈다.

"언니, 요즘 무슨 일 있어요? 지지난 주부터 계속 수업이 처지고 있는데요."

"아…… 그래. 그랬지. 미안."

만두 언니는 아직도 반쯤 정신을 놓은 듯 멍한 표정으로 중얼거렸다. 화영이 옆에서 거들었다.

"어디 몸이라도 안 좋아요? 며칠이라도 쉬고 다시 시작하는 게 어때요?"

"맞아요. 좀 쉬시는 게 좋을 것 같아요."

윤지도 한마디 거들었다. 나는 멈추지 않고 쏘아붙였다.

"지난 이 주일 동안 명상도 안 하고 체조도 대충 하잖아요. 솔직히 이대로 가다가는 살이 안 빠질 것 같다고요. 저는 꼭 44 사이즈가 되고 싶단 말이에요."

"청순하면서 섹시해 보이는 코디 비법을 알려 준다면서요. 언제쯤 가르쳐 주실 거예요?"

"좀 있으면 모의고사인데 또 여드름이 날까 봐 걱정스러워요."

그동안 쌓인 불만이 봇물처럼 터져 나왔다. 만두 언니는 말없이 우리의 항의를 듣기만 했다. 한바탕 불만을 쏟아 낸 우리는 만두 언니의 해결책을 기다렸다. 만두 언니는 팔짱을 끼고 천장을 바라보고 창밖을 바라보기를 반복하다가 한참만에 비장하게 입을 열었다.

"좋아. 내일 새로운 프로그램을 발표하겠어."

"새로운 프로그램?"

"그래. 석 달 코스의 절반이 지나갔으니 슬슬 분위기 전환을 할 때가 됐지!"

만두 언니의 눈동자 속에서 다시 불꽃이 타오르기 시작했다. 의심과 불안에 사로잡힌 우리도 다시금 용기를 얻었다.

다음 날 만두 언니는 그 어느 때보다도 화려한 옷차림과 화장을 하고 우리를 맞이했다. 양탄자 위에는 낡은 노트북 컴퓨터가 놓여 있었다. 만두 언니는 우리를 불러 모으더니 노트북 화면에 떠 있는 인터넷 사이트를 보여 주었다.

"오디션?"

나는 깜짝 놀라 소리쳤다. 언니가 보여 준 사이트는 웬 패션 브랜드가 주관하는 모델 오디션 홍보 사이트였다.

"갑자기 무슨 오디션이에요?"

"너희가 도전할 오디션이지."

이게 무슨 개 풀 뜯어 먹는 소리야. 몸무게는 60킬로그램이 넘고 키는 160.5센티미터밖에 안 되는 내가 패션모델이라니, 차라리 윤지가 전교 꼴등을 해서 집에서 쫓겨나는 게 더 말이 되고, 화영이 축제 공연에서 남자 아이돌 말고 섹시 여자 아이돌

역할을 맡는 게 훨씬 말이 되겠다.

만두 언니는 웹사이트의 모집 요강을 큰 소리로 읽어 내려가기 시작했다.

"우리 브랜드는 틀에 박힌 아름다움을 거부합니다. 십 대들의 자연스러운 모습을 그대로 보여 줄, 개성 넘치는 이미지 모델에 도전하세요. 우승자는 전속 모델로 계약함과 동시에 전철역, 잡지, CF등 다양한 매체 광고 사진 촬영을 하게 됩니다. 신장을 비롯하여 모든 신체 사이즈의 제한은 일체 없습니다.' 의심스러우면 너희가 직접 읽어 보렴!"

우리는 앞다투어 노트북 모니터에 달라붙어 모집 요강을 읽어 내려갔다. 예시로 걸려 있는 사진에는 각양각색의 외모를 지닌 아이들이 활짝 웃고 있었다. 누가 봐도 모델처럼 예쁜 아이도 있었지만 평범한 외모의 아이들도 끼어 있었다. 사진을 보고 나니 확실히 연예인이나 인터넷 얼짱을 뽑는 다른 오디션하고는 달라 보였다. 만두 언니가 선언했다.

"자, 오늘부터 특별 훈련이다. 목표는 너희 셋 전원이 1차 오디션을 통과하는 것!"

"오디션까지 겨우 한 달밖에 남지 않았는걸요."

"한 달이면 충분해! 물론 특별 훈련은 지금껏 받은 수업과는 비교도 할 수 없을 만큼 힘들 거야. 하지만 나를 믿고 잘 따라온다면 1차는 물론, 2차 3차까지 통과할 수 있어."

"아무리 그래도 모델인데 우리같이 생긴 애들이 뽑힐까요? 화영이라면 몰라도……."

"약한 소리 하지 말고 모집 요강을 다시 한 번 꼼꼼히 읽어 봐. 완벽한 미인을 뽑는 대회가 아니라, 자연스럽고 개성적인 매력의 평범한 십 대 청소년을 뽑는 오디션이잖아?"

"아무리 그래도……."

우리가 계속 반신반의하자 만두 언니는 화를 냈다.

"우는 소리는 이제 그만! 설마 너희가 평범에도 못 미친다고 생각하니? 몸무게 좀 나가고, 피부 좀 칙칙하고, 남자애같이 생겨서? 내가 장담하는데, 너희의 매력은 평범 이상이라고. 너희 안에 있는 진정한 아름다움을 믿어, 내가 도와줄 테니까!"

최면술사 같은 만두 언니의 말을 들으며 모집 요강에 나와 있는 평범한 모델들의 얼굴을 몇 번이고 바라보는 사이 조금씩 해 볼 만한 도전이라는 생각이 들었다. 우리 셋은 오디션 웹사이트에 참가 신청서를 등록했다.

그날부터 특별 훈련이 시작되었다. 만두 언니는 밤을 꼬박 새워 짰다는 특별 훈련 프로그램을 공개했다. 정체불명의 영어가 난무하는 것은 예전 계획표와 마찬가지였지만 내용은 대폭 늘어났다. 뷰티 체조 시간이 예전보다 훨씬 길어졌다. 생활 습관 방침과 식단도 한층 엄격해졌다. 특히 나의 생활 방침은 예전과는 비교할 수 없을 만큼 혹독해졌다. 일주일에 삼 일은 잠들기 전에 반드시 뷰티 체조를 할 것, 그리고 하루 세끼 규칙적인 식사와 일주일에 단 한 번의 간식 외에는 일체의 군것질 금지. 한밤중에 끓여 먹는 라면, 매점의 몽쉘통통 금지! 과연 내가 이 가혹한 방침을 지켜 나갈 수 있을까?

"앞으로 한 달이야. 오디션까지 한 달만 참으면 돼. 세아 너도 충분히 경쟁력 있어. 살만 조금 쪘다뿐이지 원래 이목구비가 귀엽고 예쁘잖니?"

만두 언니가 울상이 된 나를 응원해 주었다. 문득 엄마가 입버릇처럼 하는 말이 떠올랐다. '우리 세아는 살만 빼면 참 예쁠 텐데.'

그래, 나라고 못 할 게 뭐람. 초등학생 때까지만 해도 동네 아줌마들한테 미스코리아 시키라는 칭찬 듣고 살았던 박세아 아니신가. 인터넷과 길거리에 내 사진이 걸린 모습을 상상하니 가슴이 뛰었다. 내가 모델이 되면 엄마는 무슨 말을 할까? 오빠는? 얄미운 하마와 청국장 교무주임은? 77사이즈밖에 못 입는 내가 패션모델이 된다니, 세상에 그보다 더 통쾌한 일은 없을 것이다.

체조를 마치고 땀투성이가 되어 집에 돌아갈 차비를 하는 우리를 만두 언니가 불러 세웠다.

"너희에게 줄 선물이 있어."

언니는 작은 유리병 세 개를 우리에게 하나씩 나누어 주었다. 교무실의 선생님 책상 위에서 흔히 볼 수 있는 주스 병이었다.

유리병 안에는 주스 대신 모래가 들어 있었다.

"이게 뭐예요?"

"내가 직접 사하라 사막에서 퍼 온 모래야. 방에 놓고 자렴. 너희에게 행운을 가져다줄 거야."

우리는 눈을 크게 뜨고 유리병을 이리저리 돌려 가며 사막에서 온 모래를 구경했다. 나는 모래를 보자마자 아라비아 왕자에게 사막의 모래를 선물 받았던 막내 이모의 이야기를 떠올렸다. 이 모래도 달빛을 받으면 신비로운 하얀 빛을 뿜어낼까? 나는 '초록매실'이라는 글씨가 박힌 병뚜껑을 열고 모래의 냄새를 맡아 보았다. 북아프리카의 사막에서 온 모래에서는 학교 운동장이나 동네 놀이터에서 맡았던 흙냄새가 풍겼다. 나는 눈을 감고 정신을 집중하며 다시 한 번 모래 냄새를 들이마셨다. 평범한 흙냄새에 섞여 희미하게 재스민 향 비슷한 이국적인 냄새가 느껴지는 듯했다.

"너희들은 사하라 사막의 밤경치가 얼마나 환상적인지 상상할 수 있니? 상상도 할 수 없는 야경이 펼쳐진단다. 사하라 사막은 바람과 공기의 방향에 따라 시시각각으로 모양과 색이 변해. 특히 사막에 보름달이 뜨면 말이지……."

집으로 돌아간 나는 사하라의 모래가 담긴 유리병을 내 방 창가에 올려놓았다. 막내 이모가 아라비아 왕족에게 선물받은 것처럼 아름다운 세공 조각이 들어간 유리병이 아닌 것은 조금

아쉬웠지만, 보름달이 뜨는 날마다 신비로운 빛을 발하며 행운
을 가져다줄 것이다.

6

오빠, 사고 치다

모델 오디션을 위한 특별 훈련을 시작한 지 일주일이 지났다. 일주일 동안 나는 가혹한 다이어트 식단을 성실하게 수행했다. 일주일 동안 떡볶이와 라면을 한 번도 먹지 않았고, 학교 매점에도 가지 않았다. 나에게 이런 의지가 있을 줄이야……라는 기특한 이야기는 아니고, 실은 쉬는 시간마다 화영이 나를 끌고 나와 운동장 두 바퀴를 걷게 하는 바람에 매점에 갈 수 없었다. 화영은 만두 언니에게 내 다이어트를 도우라는 특명을 받았다고 했다. 배구부 출신인 화영은 만두 언니보다 훨씬 무서운 코치였다.

열흘을 넘기자 서서히 한계가 느껴졌다. 하루 세끼 잘 챙겨 먹음에도 불구하고 입맛이 아우성을 쳤다. 잘 때마다 음식 먹는 꿈을 꾸는 것은 물론이요 깨어 있을 때에도 눈앞에 과자와 라면과 떡볶이가 둥둥 떠다니는 지경에 이르렀다.

화요일, 담임 선생님이 집안 사정으로 일찍 퇴근한 틈을 타서 나는 야자를 땡땡이쳤다. 딱 한 번만 떡볶이를 먹자. 이왕 한 번만 먹을 거면 최고로 맛있는 떡볶이를 먹는 거야. 머리가 움직이기 전에 내 발이 먼저 후문 쪽으로 향했다. 아르주만드 떡볶이집 앞에 도착한 나는 가게 안을 몰래 들여다보았다. 하늘의 도우심으로 가게에는 오마르 혼자만 있었다. 나는 후다닥 들어가서 사막에서 오아시스를 만난 방랑자처럼 외쳤다.

"바그다드 떡볶이 하나에 라면사리 추가해 주세요. 그리고 군만두 하나도요! 포장이요!"

바그다드 즉석 떡볶이와 군만두가 나왔다. 군침 도는 냄새가 솔솔 피어올랐다. 나는 게걸스레 떡볶이를 먹기 시작했다.

"아저씨 떡볶이는 진짜 대박이에요, 대박!"

감격한 나는 엄지손가락을 치켜 올리며 수선을 떨었다.

오마르는 기분 좋은 듯 웃었다. 덩달아 기분이 좋아진 나는 계속 오마르에게 말을 걸었다.

"아저씨는 사우디아라비아 호텔에서 어떤 요리를 했어요?"

"호텔?"

오마르가 부엉이처럼 커다란 눈을 깜박이며 되물었다. 나는 입안 가득한 떡볶이를 꿀꺽 삼키고 또박또박하게 다시 말해 주었다.

"아저씨, 예전에 사우디아라비아에 있는 별 다섯 개짜리 호텔에서 요리를 했다면서요. 그래서 이렇게 맛있는 떡볶이를 만드는 거잖아요?"

오마르는 난감한 표정으로 고개를 저었다.

"나는 파키스탄 사람이야. 사우디아라비아에서 잠깐 일한 적은 있지만……."

"저도 알아요. 아저씨 원래는 파키스탄 군인 출신이라고 주인 언니가 말해 줬어요. 그런데 어쩌다가 주방장이 된 거예요?"

"우리 나라는 많이들 군인이 돼. 때로는 어린애들도."

"어린애들도요?"

"그래. 너 같은 어린애들."

갑자기 진지해진 이야기에 나는 머쓱해졌다. 나 같은 애들이 군인이 되는 나라라니. 만두 언니의 이야기 속에 등장하는 사막의 나라들은 언제나 신비롭고 풍요롭기만 했는데. 푸른 달빛이 비치는 아름다운 사하라 사막에서, 날씬한 허리를 흔들며 춤추는 여인들과 꿀처럼 달콤한 과자로 가득한 신비의 땅에서, 총알이 날아다니고 애들이 죽는다고?

"음, 우리나라도 알고 보면 어린애들 많이 죽어요. 음, 학교 성적 때문에 자살도 하고. 교통사고도 나고……."

"하하. 팔자 좋다. 나는 그래서 한국이 좋아."

워, 사막에서 전쟁이 나면 어떻고 오마르가 파키스탄 사람이면 또 어뗘랴. 오마르의 떡볶이는 이토록 환상적인 것을.

다음 날 아침. 방문 앞에서 몸무게를 쟀더니 바늘이 60.6킬로그램을 가리켰다. 60.6에서 0.7을 빼면…… 59.9킬로그램이다. 드디어 앞자리가 5가 되었다! 체중계에서 숫자 5를 보는 것은 초등학교 6학년 때 이후로 처음이었다. 어제저녁 즉석 떡볶이와 군만두를 먹어 치웠음에도 불구하고, 열흘 동안 무려 3.5킬로그램이나 빠져나간 것이다. 나는 마루를 펄쩍펄쩍 뛰어다니며 환호성을 올렸다.

"아랫집에서 신고 들어온다!"

안방에서 출근 준비를 하던 엄마가 소리 질렀다. 나는 달려가 엄마에게 자랑했다.

"엄마, 나 살 빠졌어! 이제 50킬로대야!"

엄마는 얼굴에 파우더를 칠하다 말고 놀란 표정으로 나를 돌아보았다.

"해가 서쪽에서 뜨겠네. 그래, 지금 몇 킬로야?"

"59.9킬로."

"뭐야 그게. 60이나 마찬가지잖아."

엄마는 콧방귀를 뀌었지만 기분은 좋은 듯 허연 파우더에 가려진 얼굴 근육이 살짝 풀어졌다. 나는 열심히 자랑했다.

"앞으로 계속 빠질 거야. 완전 열심히 다이어트 중이니까."

"오냐, 중간에 포기하지 말고 잘해. 50킬로만 되어 봐라. 엄마가 백화점에서 원피스 사 준다."

"진짜? 백화점에서?"

"그래."

"진짜지? 그래 놓고 또 지하상가 가는 거 아니지?"

"얘는 속고만 살았니."

만세! 백화점 원피스다! 나는 신나서 학교로 향했다. 가벼워진 몸이 한 걸음 내디딜 때마다 헬륨가스로 가득 찬 풍선처럼 둥실둥실 떠오르는 것 같았다.

"야, 나 살 빠졌다!"

책가방을 내려놓기가 무섭게 자랑을 하려는데, 수정이 심각한 표정으로 내 말을 잘랐다.

"지금 그게 문제가 아니야. 어젯밤에 또 나타났대."

"뭐가 나타났는데?"

"검은 승용차 변태!"

깜짝 놀랐다. 검은 승용차가 또 나타나다니. 이번에는 우리 2학년 중에서 피해자가 생겼다는 것이었다.

"후문 외국인 분식집 알지? 거기에서 일하는 외국인이 공범이래."

"뭐라고?"

너무 놀라서 나도 모르게 크게 소리를 지르고 말았다.

"어젯밤 후문 쪽 골목에서 7반 부반장이 이어폰 끼고 혼자 걸어가는데, 검은 승용차가 쫓아오더라는 거야. 그러더니 걔 바로 옆에 차 세우고서는 잠깐 길 좀 알려 달라고 하더래. 걔가 겁도 없이 길 알려 준다고 차 옆으로 다가갔더니 갑자기 차 앞문이 확 열리더라는 거야."

"그래서?"

"얘기 끝까지 들어 봐. 걔가 남자한테 붙잡혀서 차 안으로 끌려 들어가지 않으려고 실랑이를 벌이는데, 뒤에서 웬 동남아 사람같이 생긴 외국인이 불쑥 나타나더니 걔 등을 확 밀치더라는 거야!"

"그건 또 무슨 소리야?"

"승용차 변태랑 한 패였던 거지. 완전 소름 끼치지 않아?"

"그 사람이 오마르, 아니 떡볶이 집 아저씨가 확실하대?"

나는 믿을 수 없는 심정으로 캐물었다. 수정이는 어깨를 으쓱했다.

"어차피 우리 학교 근처에 외국인 노동자는 그 떡볶이 집 아저씨밖에 없잖아."

말도 안 된다. 오마르가 승용차 변태와 공범이라고? 바로 어제 저녁만 해도 오마르가 한 떡볶이와 군만두를 맛있게 먹었는데!

"다른 가게에 우리가 잘 모르는 외국인이 또 있을지도 모르잖아."

"어쨌거나 조심하는 게 좋지 않겠어? 나는 절대 그 분식집에는 안 갈 거야. 세아 너도 웬만하면 가지 마. 그 분식집 뒤쪽에 쪽방이 붙어 있다며? 그 방에 가둬 놓을지도 몰라. 떡볶이에 이상한 약 같은 걸 타서……"

고동치는 심장 소리 때문에 수정이가 떠드는 소리가 더 이상 귀에 들어오지 않았다. 나는 정신없이 화영네 반으로 달려갔다.

"너도 그 이야기 들었어? 구라겠지?"

"소문이 잘못 퍼진 거겠지."

"주인 언니한테 직접 물어보면 기분 나빠하겠지?"

화영은 심각한 표정을 지었다. 만에 하나 진짜라면 어쩌지. 나는 무서운 생각을 몰아내기 위해 크게 소리쳤다.

"그럴 리 없어. 오마르는 만두 언니랑 옛날부터 친한 친구였잖아."

"쉿, 애들 들으면 어떡해?"

화영의 주의에 나는 목소리를 낮추어 말했다.

"그리고 지난번에 우리도 검은 승용차 봤잖아? 그때 우리 뒤에 오마르는 없었잖아?"

"맞아. 우리 뒤에 승용차 말고는 아무것도 없었어."

그때 우리는 가게에서 나온 지 채 오 분도 되지 않았고 오마르는 우리가 가게를 나서는 순간까지 가게 쪽방에서 코란을 외우며 예배를 올리고 있었다. 화영과 머리를 맞대고 오마르의 알

147

리바이를 하나하나 되짚어 보자 꺼림칙한 마음이 걷혀 나갔다. 하지만 오마르를 의심하지 않는 아이들은 우리뿐이었다. 아르주만드 떡볶이 집에 검은 승용차 변태가 숨어 있다는 괴담이 온 학교에 퍼져 나갔다. 아르주만드 떡볶이 집에는 아이들의 발길이 뚝 끊기고 말았다.

손님이 끊기자 주방장 오마르는 할 일이 없어졌다. 오마르는 떡볶이 국물이 묻은 앞치마를 두른 채 하릴없이 앉아만 있었다. 만두 언니는 오마르와 나란히 앉아서 창밖을 지나는 학생들을 원망 어린 눈으로 바라보고는 했다. 걱정이 된 나는 학교가 끝나자마자 떡볶이 집에 들렀다. 만두 언니는 텅 빈 가게에 혼자 앉아 TV를 보고 있었다.

"일오팔팔 십 분 대출! 담보 없는 착한 대출! 빨리빨리 전화 주세요!"

TV에서는 여자 탤런트들이 드레스를 입고 귀여운 춤을 추는 광고가 흘러나오고 있었다. 엄마는 TV에 저 광고가 나오기만 하면 온갖 욕을 퍼부으며 나보고 나중에 저런 곳에서 돈을 빌렸다가는 인생이 끝장난다며 으름장을 놓고는 했다.

"언니, 뭐해요?"

만두 언니는 TV만 뚫어지게 노려보며 한 손으로 치킨 집 광고지 귀퉁이에 무언가를 열심히 적고 있었다. 나는 언니 곁으로 다가가 크게 소리쳤다.

"언니이, 저 왔어요!"

"어머나 깜짝이야!"

만두 언니는 새된 비명을 내질렀다. 그 서슬에 내가 더 놀랐다.

"얘! 넌 올 때마다 사람을 놀래니! 소리 좀 내면서 다녀!"

만두 언니는 얼굴이 시뻘개져서 내 등짝을 손바닥으로 내려치며 소리쳤다.

"뭐 하고 있었어요?"

"아무것도 아니야."

내 질문에 언니는 생긋 웃으면서 한 손으로는 숫자가 적힌 치킨 집 광고지를 잽싸게 접어 감추었다. 출출해서 치킨이라도 시켜 먹으려고 그랬나? 이왕이면 나 있을 때 시켜 주지. 덧없는 생각을 하며 만두 언니의 얼굴을 바라보는데 피부 나이 이십 대를 자랑하던 얼굴이 며칠 사이 눈에 띄게 거칠어진 것이 보였다. 황금빛 눈 화장 아래로 가느다란 실 같은 주름 몇 개가 잡혔다.

"언니…… 요즘 스트레스 많이 받나 봐요."

만두 언니는 콤팩트 파우더를 꺼내 눈가에 토닥토닥 문지르며 말했다.

"스트레스는 무슨! 앞으로 끝내주는 계획들이 남아 있는데. 너희가 이번 오디션에 최종 합격하면, 나는 너희를 위한 에이전시를 차릴 거야."

"에이전시요?"

"프로 모델에게는 든든한 에이전시가 있어야 해. 세계적인 모델들은 전부 유명 에이전시 출신이라고. 연예계가 얼마나 거친 세계인지 너는 상상도 못 할걸? 내가 너희를 철저하게 관리해서 최고의 스타로 키워 줄게."

에이전시라니, 연예계라니. 아무래도 만두 언니는 우리가 오디션을 통과하는 것 정도로는 만족하지 않는 모양이었다. 나는 조심스럽게 물었다.

"에이전시를 차리려면 떡볶이 장사가 잘되어야 하지 않을까요?"

만두 언니는 손사래를 치며 호탕하게 웃었다.

"걱정 마. 이제 이런 코딱지만 한 가게는 상관없어! 너희들이 있으니까."

어처구니가 없어서 만두 언니를 바라보자 언니는 야심에 가득찬 눈으로 나를 마주 바라보았다. 문득 언니의 눈빛에서 낯익은 느낌이 들었다. 내가 초등학교 2학년이었을 때, 인생 처음이자 마지막으로 백 점짜리 시험지를 받아 온 적이 있었다. 만두 언니는 흐뭇하게 웃으며 나를 바라보던 엄마의 눈빛과 꼭 닮은 눈빛을 하고 있었다. 진심으로 나를 믿고 사랑하지만, 그 사랑과 믿음의 무게가 너무 묵직해서 나를 뒷걸음치게 만드는 눈빛.

그 후로 나는 단 한 번도 백 점을 받은 적이 없었다. 설마 우리의 오디션도 그렇게 되어 버리는 것은 아닐까. 만에 하나 그렇게 된다면 만두 언니는 어떤 눈빛으로 우리를 바라볼까?

"예전부터 궁금하던 건데…… 언니 이름은 무슨 뜻이에요?"

나는 꺼림칙한 기분을 떨쳐 내려고 화제를 돌렸다. 만두 언니
는 자신만만하게 대답했다.

"아르주만드는 세계에서 제일 아름다운 여자의 이름이야. 그
녀는 서른여덟 살이라는 젊은 나이에 세상을 떠났는데, 세상에
서 제일가는 미모에 걸맞게 최고로 아름다운 무덤에 묻히고 싶
다는 유언을 남겼지. 아르주만드가 죽자 그녀를 끔찍이 사랑했
던 황제는 수만 명의 노예를 시켜 이십 년 동안 대리석 궁전을
지어 그녀의 무덤에 바쳤어. 그야말로 죽어서까지 아름다움의
화신으로 살았던 여자란다."

죽은 뒤에도 이십 년 동안 궁전을 지어 바치도록 만드는 미모
란 얼마나 대단한 것일까? 아르주만드는 요즘 잘나가는 연예인
보다도 훨씬 예쁜 여자였을 것이다. 그 시대에는 성형수술도 없
었을 테니까.

만두 언니는 주말뿐만이 아니라 평일에도 이틀씩 방과 후에
뷰티 살롱의 문을 열고 우리를 훈련시켰다. 어차피 손님도 없었
다. 우리는 야자를 땡땡이치고 뷰티 살롱에서 훈련을 받았다. 모
범생 윤지도 난생처음 야자를 땡땡이쳤다. 우리는 훈련에 몰두
했다. 내 몸무게는 빠르게 내려갔고, 윤지의 피부도 눈에 띄게
좋아지고 있었다. 화영의 사복 차림도 예전에 비하면 훨씬 여자

다워졌다. 아침마다 거울에 비치는 내 얼굴이 어제에 비해 조금씩 갸름해진 것을 확인할 때마다 자신감이 부쩍부쩍 자라났다. 이렇게 한 달을 보낸다면 오디션 합격도 꿈이 아닐지 모른다.

모델 오디션은 내가 태어나서 처음 해 보는 도전다운 도전이었다. 만두 언니의 열정과 신뢰는 우리가 부모님이나 선생님이나 남자 친구에게서는 배우지 못한 자신감을 심어 주었다. 우리는 언니가 늘어놓는 황당무계한 이야기를 믿지 않을 수도 있었지만, 믿는 쪽을 선택했다. 우리는 떡볶이 집 유리창에 붙은 광고 문 한 장을 믿고 무작정 뷰티 살롱으로 찾아올 만큼 절박한 아이들이었고, 언니가 쏟아붓는 응원을 빠르게 흡수해 자신감을 키우는 양분으로 삼아야 했다.

나는 매일 밤 뷰티 체조를 하고 잠들기 전 창가에 놓아 둔 사하라 모래 병을 향해 우리 세 사람이 오디션에 통과하게 해 달라고 빌었다. 하느님이나 부처님이 아닌 모래에게 소원을 빈 것은 처음이었다. 미의 화신 아르주만드 여왕이 우리의 앞길을 인도하리라.

일요일 아침 댓바람부터 싸우는 소리에 눈이 뜨였다. 마루로 나갔더니 엄마와 오빠가 악을 쓰며 다투고 있었다.

"지금 그걸 말이라고 하니?"

"참 나! 도대체 몇 번을 말해야 돼? 내가 그러고 싶어서 그런

게 아니라니까. 아무튼 두 번 다시는 안 그럴 테니까 이번 한 번만 도와줘, 좀!"

오빠의 얼굴을 본 나는 비명을 지를 뻔했다. 오빠의 얼굴은 엉망진창이었다. 얼굴 절반이 보라색으로 퉁퉁 부어올라 한쪽 눈을 제대로 뜨지 못했고 이마 한복판에도 파스만 한 밴드가 붙었다.

"나이 스물여섯씩이나 먹은 놈이 밖에서 쌈박질이나 하고 들어와 한다는 소리가 뭐 어째, 빚을 갚아 달라고?"

게임 중독자 백수 생활도 모자라 이제 싸움질까지 하고 다니는 인간이 내 오빠라니 창피해 미치겠다. 안방 문이 열리더니 선잠에서 깨어난 아빠가 나왔다. 무슨 일이냐고 묻는 아빠를 향해 엄마의 넋두리가 쏟아졌다.

"이놈 새끼가 글쎄 밖에서 두들겨 맞고 들어온 것도 모자라 합의금 조로 빚을 졌대요. 그것도 오백만 원이나!"

"어쩌다 얼굴이 이 지경이 됐어?"

아빠의 질문에 오빠는 붕대 감긴 손으로 벌겋게 부어오른 코를 긁으며 변명했다.

"그게 제가 그러려고 그런 게 아니라요, 저랑 같이 경제 활동하는 사람들 사이에 좀 심각한 논쟁이 벌어져서…… 그 자식이 먼저 저한테 욕했다고요. 난 그냥 정당방위를 한 것뿐인데, 그 새끼가 데려온 놈이 경찰에 신고를 해 버려서…… 아오, 아무튼 제발 좀 도와주세요!"

"경제 활동 같은 소리 하고 있네! 이 미친놈아, 게임에 환장해서 백수 짓거리 하는 것도 모자라 이제는 밖에서 사람 치고 다녀? 네가 그러고도 사람의 자식이니?"

"참 나, 하나밖에 없는 아들한테 그깟 오백만 원이 아까워?"

엄마는 화를 이기지 못하고 오빠를 마구잡이로 때리기 시작했다. 아빠가 엄마와 오빠 사이에 끼어들어 간신히 두 사람을 떼어 놓았다. 오빠를 방으로 쫓아낸 엄마가 아빠에게 자초지종을 이야기했다. 오빠는 온라인 게임 상에서의 다툼이 불씨가 되어 현실에서 직접 만나 주먹질로 승부를 겨루는 '현피'를 벌인 것이었다. 게임 속에서는 따를 자가 없는 최강의 길드장인 오빠는 상대방을 묵사발을 만들겠노라고 큰소리를 치며 결투를 신청했다. 그러나 현실 세계에서 만난 상대방은 오빠보다 훨씬 덩치가 좋았다. 싸움을 시작한 지 몇 분도 되지 않아 오빠가 묵사발이 되었고, 경찰이 출동했다.

정황은 오빠에게 불리했다. 일단 먼저 상대방에게 '현피'를 신청한 증거가 남아 버린 데다가, 결정적으로 상대방이 데려온 후배가 오빠에게 불리한 증언을 하는 바람에 오빠는 폭행죄로 기소될 위험에 처했다. 오빠는 결국 상대방의 곱절로 얻어맞았지만 어쩔 수 없이 합의금을 내기 위해 하필이면 우리 엄마가 제일 싫어하는 일오팔팔 어쩌고 대출에서 오백만 원이 넘는 돈을 빌려 썼다는 한심한 이야기였다.

"일단 당신이 좀 갚아 줘."

아빠의 제안에 엄마가 기가 차다는 표정으로 소리쳤다.

"말이나 되는 소리야? 지가 꾼 돈 지가 갚아야지."

"아무리 그래도 일단 이자 불어나기 전에 급한 돈부터 해결해 줘야……."

엄마는 분노와 경멸로 가득한 눈으로 아빠를 노려보았다.

"그놈의 치킨 집 빚 갚느라고 내가 그 고생을 했는데 이제는 아들놈이 사람 치고 진 빚까지 갚아 주라고? 저 녀석이 쓰는 전기세랑 세아 밑으로 들어가는 돈이 달마다 얼마인 줄은 알아? 내 당뇨 수치가 몇인 줄 알아? 아니, 나한테 당뇨 끼 있는 줄은 알아? 다 보험 일 하면서 얻은 병이야!"

"나도…… 노력하고 있어. 올 연말에는 정규직 될 수 있을 거야. 아마 월급도 오를 테니까……."

"됐어! 당신 아들이니까 당신이 갚아 주든지 말든지 맘대로 해! 나는 백 원 한 푼도 못 보태 줘!"

엄마는 안방으로 들어가 방문을 닫아 버렸다. 얼마 후 나지막한 울음소리가 흘러나왔다. 아빠는 입을 굳게 다물고 마룻바닥만 바라보았다. 나는 숨을 죽이고 내 방으로 돌아갔다. 집안의 골칫덩이 오빠가 진짜 큰 사고 쳤다. 언젠가 TV 시사 프로그램에서 봤던 사채 피해자들의 이야기가 떠올랐다. 건달패가 집이며 직장으로 닥치는 대로 찾아와 행패를 부리는 통에 돈 빌린 사람은 노이로제에 걸린 끝에 자살을 선택하게 된다지. 엄마는 진짜로 오빠에게 빚 갚을 돈을 주지 않을 생각일까? 그러면 아빠가 엄마 대신 오빠의 빚을 갚아 줄까? 과연 아빠에게 오백만 원이라는 큰돈이 있을까? 나는 아빠에게 받았던 기름때 묻은 만 원짜리 돈을 떠올렸다. 그렇게 힘들게 돈을 버는 아빠에게 그런 돈이 있을 리가 없다. 빚을 못 갚으면 오빠는 어떻게 될까? 우리 집에도 조폭들이 찾아오면 어떡해?

꼬리를 무는 걱정으로 마음이 어지러웠다. 나는 고뇌를 떨쳐 내려고 뷰티 체조의 마무리 동작을 취했지만 좀처럼 마음이 가라앉지 않았다.

오빠 때문에 집안 분위기가 엉망진창이었다. 엄마는 새벽에 퇴근한 아빠를 붙들고 아침 해가 뜰 때까지 말다툼을 벌였다. 아빠가 퇴직했을 때랑, 치킨 집이 망했을 때랑 똑같았다. 집안을 뒤집어 놓은 장본인인 오빠는 정작 뻔뻔스럽게 방구석에 처박혀 헤드셋을 끼고 게임 삼매경이었다.

내 몸무게는 59킬로그램에서 멈추어 며칠 내내 그대로였다. 나는 점점 초조해졌다. 확실히 65킬로그램이었던 예전에 비하면 제법 날씬해졌지만 뚱보와 보통을 가로지르는 기준이라고 할 수 있는 60킬로그램에서 겨우 1킬로그램만 떨어졌을 뿐, 아직 날씬하다는 말을 듣기에는 한참 멀었다. 특별 훈련 내용이 혹독해질

수록 내 의식은 깨어 있는 상태에서도 음식의 성을 향해 도망쳤다. 너무 힘든 나머지 특별 훈련의 규칙을 깨고 한밤중에 과자를 왕창 먹은 날도 있었다. 불안한 마음은 식욕을 부추겼다. 생각이 점점 부정적인 방향으로 흘러가는 것을 막을 수 없었다.

—괴로우면 그만 둬.

방에 드러누워 웹툰을 보며 식욕을 몰아내려 애쓰고 있는데 한동안 잠잠하던 아랫배가 다시 시비를 걸었다. 나는 힘없이 고개를 저었다.

—그럴 수는 없어. 여기까지 어떻게 왔는데.

—고집 부리지 말고 생각을 조금만 바꾸어 보라고. 뚱뚱해도 잘 살 수 있잖아? 예전처럼.

—아냐. 그건 잘 사는 게 아냐. 도망치는 거야. 포기하는 거야. 나 자신을 포기하는 거야.

아랫배는 볼록한 뱃살을 이리저리 꿈틀거리며 달콤한 어조로 속삭였다.

—도망쳐서 편해지면 좋잖아. 너는 괴로운 게 좋아? 언제까지나 남들 눈을 신경 쓰면서 살래?

—입 닥쳐!

나는 손을 내려 온 힘을 다해 뱃살을 꽉 움켜쥐었다. 요즘 살이 빠져서 그런지 예전보다 조금 부피가 줄어든 것 같았다.

—뚱뚱한 여자아이는 행복해질 수 없어. 나는 행복해질 거야.

나를 65킬로로만 기억하는 사람들에게서 도망치지 않고 맞서 싸울 거라고.

아랫배는 내 손아귀에서 흉측하게 비틀리고 눌린 채 찌그러진 발음으로 한 마디씩 힘겹게 중얼거렸다.

—흐흐…… 과연…… 네가 50킬로그램이 된다고…… 행복해질까? '65킬로 박세아'를 대신해서 '50킬로 박세아'라는 또 다른 이름이 붙지 않을까……?

뷰티 살롱이 끝나고 집으로 돌아가는 길에 윤지가 드물게 먼저 입을 열었다.

"나 솔직히 오디션 나가기 싫어."

"왜?"

"나는 너희랑 달리 딱히 예뻐지고 싶어서 뷰티 살롱에 나온 게 아니라 그냥 여드름만 없애면 되니까. 모델 오디션 같은 데 나가 봤자 대학입시 때 가산점을 받을 수도 없잖아? 그리고 너희는 오디션 열흘 전이 모의고사 날인 건 알고나 있어? 모의고사 준비하면서 오디션까지 같이 준비하려면 보통 일이 아니란 말이야."

"말도 많네. 그렇게 싫으면 지금이라도 나가기 싫다고 주인 언니에게 말하지 그래?"

내가 퉁명스럽게 내쏘자 윤지는 힘없이 고개를 저었다.

"그럴 수는 없어. 나를 믿는다고 진심으로 말해 준 사람은 선생님뿐이야. 실제로 뷰티 살롱에 다니는 동안 여드름이 많이 줄어들었기도 하고. 나는 선생님을 실망시키고 싶지 않아. 최선을 다해 오디션에 참가하는 모습을 보여 드릴 거야."

"잘난 척 좀 작작 해."

윤지는 깜짝 놀라 나를 바라보았다. 알 수 없이 화가 치밀었다. 나는 윤지를 향해 마구 쏟아부었다.

"괜히 주인 언니 핑계 대지 마. 실은 너도 남들처럼 예뻐지고 싶으면서!"

"난 진짜 그런 거에 관심 없거든? 여드름만 없애고 전교 일등만 하면 그만이라고."

"어휴, 너 내가 해 준 충고 벌써 잊어버렸어? 왕따 되기 싫으면 성적 올리기 전에 말하는 태도부터 바꾸라고."

윤지는 고집스럽게 말했다.

"왕따면 어때? 나는 나보다 뒤처지는 애들 눈치 같은 거 보기 싫어. 나는 나를 인정해 주는 사람들만 상대할 거야. 이를테면 우리 부모님이나 선생님 같은 분들 말이야."

"애들 눈치 보기는 싫다면서 그 사람들 눈치는 왜 보는데?"

고집스럽게 우기던 윤지의 표정이 순간 무너졌다. 윤지는 눈물이 핑 도는 눈으로 나를 노려보며 소리쳤다.

"그럼 넌 아무 눈치도 안 보고 산다는 말이야?"

나와 화영은 입을 다물었다. 그 말이 맞다. 나는 엄마의 구박 때문에, 화영은 남자 친구가 원하는 대로 예뻐지려고 한다. 우리가 좇는 아름다움의 기준이란 결국 타인들, 어른들의 의지로 결정된다. 어른이 되기 전에 어른들의 의지를 벗어나는 방법이란 뭐가 있을까? 아무리 싫고 힘들고 두려워도 이를 악물고 달리는 수밖에 없는 걸까?

"어우, 몰라. 머리 아파!"

나는 소리를 빽 질렀다. 어느새 훌쩍대기 시작한 윤지와 화영이 놀란 눈으로 날 바라보았다.

"그래. 우리 셋 다 남 눈치 보면서 살고 있다 쳐. 하지만 나는 나한테 눈치 주는 사람들한테 한 방 먹여 줄 거야. 그래서 오디션을 보는 거라고. 난 더 이상 남 눈치 보고 자존심 상하기 싫어서 내 발로 뷰티 살롱에 왔어. 누가 등 떠밀어서 온 게 아니라고. 그러니까 남 이야기는 그만하자고!"

"그래. 별것도 아닌 것 갖고 그만 싸워라."

화영이가 휴지를 윤지에게 건네주며 말했다. 윤지가 코를 푸는 동안 나는 분위기를 만회하기 위해 말했다.

"솔직히 나랑 윤지는 몰라도 화영이는 우승할 거라고. 그럼 우리는 프로 모델이랑 친구 되는 거고. 그것만 해도 대박이잖아?"

화영이가 이마를 찌푸리며 소리쳤다.

"야, 내가 우승한다는 보장이 어디 있어?"

나는 콧방귀를 뀌었다.

"키 크지, 얼굴 작지, 그리고 인터넷에서 패션모델 검색해 보면 너보다 못생긴 애들이 더 많더라. 너 오디션 날에 진짜 신경 써서 잘 차려입고 나가야 돼. 말투 남자같이 쓰지 말고."

"이제 너까지 잔소리야?"

"그야 네가 우리의 희망이니까 그렇지."

남들이 보기에는 바보짓이라 해도 이제 와서 어쩔 테야. 여기까지 힘들게 달려왔으니 어떻게든 의미를 만들어 내야만 한다. 그러지 못하면 지난 시간이 너무 억울하잖아.

7

검은 승용차

쉬는 시간인데도 화영이 우리 반에 찾아오지 않았다. 이때다 하고 매점으로 도망치려는데 길쭉한 그림자가 앞을 막아섰다. 나는 두 손을 모아 화영에게 빌었다.

"오늘 한 번만 봐주라. 나 요즘 스트레스 받는 일이 있어서 미칠 것 같다고."

"잠깐 할 이야기가 있어."

화영은 심각한 얼굴을 하고 말했다. 우리는 인적이 드문 학교 뒤편 쓰레기 소각장으로 갔다. 화영은 주위를 둘러보더니 한껏 목소리를 낮추어 말했다.

"그 사람이 어제 갑자기 나한테 연락했어."

나는 펄쩍 뛰었다.

"뭐야, 이제 와서? 먼저 널 찼다며?"

"그러게. 일 년 넘게 아무 연락도 없었던 주제에. 그동안 잘 지 냈느냐, 남자 친구 새로 사귀었느냐, 나는 사법고시 준비하느라 바빠서 인터넷 할 시간도 없다, 뭐 그런 내용의 문자였어. 제가 먼저 나를 찬 주제에 이제 와서 괜히 찔러 보는 것 같아서 자존 심 상하더라."

"진짜 열 받겠다. 그래서? 답 문자 보냈어?"

"응."

"뭐라고 보냈는데? 욕이나 한 바가지 보내 주지."

"그러지는 못했고…… 나는 잘 있었다. 너는 그동안 잘 있었 냐고 보냈어. 그러니까 냉큼 답 문자가 오더라. 잘 지낸다니 다행 이라고."

"아! 짜증 나. 대박 뻔뻔하다."

"그래도 그 자식이 먼저 연락해서 다행이야. 내 연락 다 씹고 있었거든."

"그나저나 그 사람 여자 친구 새로 사귄 거 아냐? 네가 옛날 에 길에서 봤다며."

내 말에 화영의 표정이 순식간에 어두워졌다. 화영이 뒤틀린 목소리로 내뱉었다.

"지금은 여자 친구 없다 그랬어. 고시 준비하느라 연애할 시간 도 없대."

나는 미심쩍은 눈길로 물었다.

"너 그러다가 걔랑 다시 사귀는 거 아니야?"

"내가 미쳤냐?"

괜히 화를 내는 화영이 수상했다. 아무리 봐도 그 남자로부터 먼저 연락이 와서 기뻐하는 눈치였다.

"그 자식…… 그따위로 날 차 놓고서는 이제 와서 무슨 생각으로 연락을 하는 건지 모르겠어."

화영은 땅이 꺼져라 한숨을 쉬었다. 옆에서 지켜보는 나도 한숨이 나왔다. 내가 슬쩍 물었다.

"화영이 너, 그 남자 아직도 좋아하는 거 아냐?"

"아니거든?"

화영은 퉁명스럽게 내뱉었지만 눈동자가 이리저리 굴러다니고 뺨부터 귀밑까지 발갛게 물들어 있었다. 아니기는 뭐가 아니야.

일요일 아침. 나는 평소보다 훨씬 일찍 눈을 떴다. 책상 위 달력에 쳐 놓은 빨간 동그라미가 이 주일 앞으로 다가왔다. 오디션까지 이제 이 주일 남았다. 지난주까지만 해도 그다지 현실적으로 느껴지지 않았는데 이제 조금씩 긴장이 되기 시작했다.

뷰티 살롱의 특별 훈련은 막바지 단계에 접어들었다. 언니는 이 주일이 남은 날을 맞이하여 '파이널 위크 플랜'을 발표했다. 마지막 일주일은 특별 훈련 대신 다 함께 미용실에서 머리를 하고 오디션 때 입을 옷을 쇼핑하기로 했다. 나는 마지막 이 주일 동안 일주일에 한 번 허용되는 간식도 먹지 말라는 명령을 받았다. 언니는 딱 이 주일만 참으면 된다고 굳세게 격려했다.

지난 두 달 동안 우리는 제법 많이 변했다. 예뻐지는 데는 관심 없던 윤지는 예전에 비해 부쩍 외모에 신경을 쓰기 시작했다. 후줄근하게 묶고 다니던 머리도 깔끔하게 잘랐고 할머니 돈보기처럼 생긴 촌스러운 안경테도 바꾸었다. 특히 화영은 엄청나게 예뻐졌다. 원래 괜찮은 외모이기도 했지만 주인 언니가 코디해 주는 옷을 골라 입고 화장까지 하니 모델 뺨칠 정도였다. 나도 분발해야 하는데.

"박세아, 잠깐 여기 나와 봐!"

엄마가 버럭 소리를 질렀다. 밤낮을 가리지 않고 이어지는 엄마와 아빠의 부부싸움에도 슬슬 진력이 나던 참이었다. 나는 누운 채로 신경질을 내며 소리쳤다.

"나 지금 숙제 하는 중이란 말이야!"

"당장 나오라면 안 나와?"

일요일 출근을 하는 참이었던 듯 엄마는 외출용 정장 차림으로 팔짱을 끼고 살기등등하게 아빠를 노려보고 있었다. 분위기가 심상치 않았다.

"세아 너, 아빠가 오빠한테 돈 준 거 알고 있었니?"

"무슨 소리야? 돈이라니?"

나는 황당한 표정으로 되물었다. 아빠가 다급하게 소리쳤다.

"세아는 왜 끌어들여?"

"당신은 가만있어! 대답해 세아야. 아빠가 오빠한테 빚 갚으라고 오백만 원 준 거, 너 알고 있었어?"

"난 몰라. 아빠는 나한테 그런 얘기 한마디도 안 했어."

나는 있는 그대로의 사실을 이야기했다. 엄마는 의심 가득한 눈으로 날 노려보더니 아빠에게 소리쳤다.

"그놈의 치킨 집 말아먹고 나서 두 번 다시는 자기가 돈 관리하지 않기로 약속했잖아? 그렇게 맹세했는데 비자금 통장을 따로 차고 앉아? 당신이 돈 쓸 데가 어디 있다고 통장을 만들어?"

"비자금이라 할 것도 없어. 달랑 오백삼십만 원뿐이야. 전부 세중이 주고 이제 정말 한 푼도 없어. 통장도 보여 줬잖아. 사람 말을 좀 믿어."

아빠가 애걸했다. 그러자 엄마는 피를 토할 듯이 소리 질렀다.

"그 버릇 못 버리고 또 딴 통장을 차니? 응?"

엄마는 말을 맺자마자 아차 하는 표정으로 입을 다물었다. 엄마와 아빠는 거의 동시에 나를 바라보았다. 나를 바라보는 엄마의 얼굴은 한 번도 본 적 없는 이상한 형태로 일그러져 들어갔다. 아빠는 엄마의 팔을 덥석 붙들었다.

"여보. 우리 여기서 이러지 말고 방에 들어가서……."

"당신은 나랑 한 약속을 어겼어! 더 이상 당신 같은 양반이랑

은 같이 못 살아!"

구들장 무너지는 소리와 함께 현관문이 닫혔다. 엄마는 집을 나가 버렸다. 아빠는 소파에 무너지듯 주저앉더니 두 손바닥에 얼굴을 파묻고 신음 소리를 냈다. 나는 내 방으로 돌아갈 엄두도 내지 못하고 마루 한가운데에 멍청하니 서 있었다. 엄마가 나가기 직전에 내뱉은 말 때문에 머릿속이 복잡했다. '그 버릇 못버리고 또 딴 통장을 차'라니, 옛날에도 아빠가 딴 통장을 찬 적이 있다는 소린가? 아빠가 딴 통장 차는 게 얼마나 큰 잘못이기에 엄마가 오밤중에 집을 나가 버리는 거지? 이해 가지 않는 것 투성이였다. 하지만 아빠에게 직접 물어볼 용기는 나지 않았다.

아빠는 엄마의 휴대폰으로 전화를 수십 통 걸었지만 엄마는 전화를 받지 않았다. 해가 지고 밤이 깊어도 엄마는 여전히 전화를 받지 않았다. 걱정 속에 하룻밤이 지나가고 아침이 되어서야 엄마는 집으로 돌아왔다. 아빠는 현관에서 구두를 벗는 엄마에게 달려가 소리쳤다.

"이게 무슨 짓이야? 밤새 어디에 있다 온 거야?"

엄마는 초췌한 얼굴로 아빠를 노려보았다. 시커먼 마스카라 자국이 너구리처럼 동그랗게 눈가에 번져 있었다.

"당신을 믿을 수가 없어."

"무슨 소리야?"

"더 이상 당신을 믿을 수가 없다고! 당신뿐만이 아니야, 이 집

167

구석에 믿을 사람 하나도 없어!"

엄마가 들어간 안방 문이 안에서 잠겼다. 아빠는 망연자실하게 굳게 닫힌 안방 문을 바라보다가 거실 소파에 주저앉더니 그대로 곯아떨어졌다. 그날 아빠는 안방에 들어가지 못하고 11월 말의 냉기가 흐르는 거실의 소파에서 삐삐 마른 몸을 누비이불로 둘둘 말고 잠들었다. 굳게 닫힌 안방 문은 다음 날 아침까지 열리지 않았다.

다음 날 아침, 엄마는 출근을 하지 않고 안방에 드러누워 밖으로 한 발짝도 나오지 않았다. 아빠는 해가 뜨기 전에 일어나이불을 개켜 놓고 집을 나갔다. 나는 책가방을 챙겨 나와 안방문을 조심스레 두드렸다.

"엄마, 회사 안 가?"

"시끄러워. 학교나 가."

엄마의 목소리에는 기운이 하나도 없었다. 나는 포기하고 책가방을 들었다. 신을 신고 허리를 펴는데 오빠 방문이 눈에 들어왔다. 나는 미움을 가득 담아 오빠 방문을 노려보았다. 비겁한자식. 집을 이렇게 뒤집어 놓고서는 도망을 쳐? 오빠는 무슨 학교 선배의 일을 도와준다는 핑계로 사흘 전에 집을 나가 오늘새벽녘에야 돌아왔다. 아빠에게서 빚 갚을 돈을 받자마자 엄마에게 싫은 소리 듣기 전에 도망친 것이다. 방에서 게임만 하는사회 부적응자 주제에 이럴 때의 눈치 하나만 기똥찼다.

학교에 갔지만 수업 내용이 귀에 하나도 들어오지 않았다. 내 머릿속에는 '그 버릇을 못 버리고 또 딴 통장을 차?'라는 엄마의 말만 계속 맴돌았다.

우리 집은 문제가 많다. 그럼에도 불구하고 어떻게든 굴러 왔다. 멀쩡한 대학 나온 오빠가 취업 포기자가 되어 게임에만 빠져 있어도, 아빠가 회사에서 잘리고 주유소에서 아르바이트 하는 신세가 되어도 우리 집이 망하지 않은 건 전부 엄마 덕택이었다. 의지로 뚱뚱한 체질을 극복하고 망해 가는 가정을 일으킨 엄마. 강철 같은 엄마가 지금 난데없는 돌풍에 흔들리고 있다. 엄마를 쓰러트린 결정타는 아빠의 배신이었다. 엄마 몰래 '딴 통장'을 숨겨 둔 배신행위.

하지만 아빠도 사람이고 어른인데 아빠만의 통장을 가지면 안 되나? 적은 돈이지만 그래도 우리 가족을 위해 열심히 일해서 돈을 벌어 오는 아빠인데. 내 뷰티 살롱 등록비 십만 원도 그 '딴 통장'에서 나온 돈일 텐데. 엄마는 피도 눈물도 없다. 곱씹어 볼수록 나는 아빠가 불쌍했다.

혹시…… 아빠의 통장에 내가 모르는 엄청난 비밀이라도 숨어 있는 걸까? 그 비밀이 씻을 수 없는 잘못이라면? 도대체 진실은 뭘까?

"자, 마무리 동작 시작! 와히드, 이스난, 살라싸!"

만두 언니가 우렁차게 아랍어 구령을 붙였다.

뷰티 살롱에서 특별 훈련을 받는 동안에도 나는 내내 머리가 복잡했다. 심지어 한 발로 뛰는 와중에도 머릿속이 어지러웠다.

"세아야, 왜 그러니? 눈 속에 잡념이 가득하잖니."

언니가 내 어깨를 가볍게 치며 지적했다. 나는 휘청거리며 마무리 자세를 무너트렸다.

"아무것도 아니에요."

"오디션까지 이제 이 주일도 안 남았어. 정신 똑바로 차려야지."

"저도 정신 차리고 싶다고요!"

만두 언니는 체조 동작을 멈추고 나를 쳐다보았다. 화영과 윤지도 놀란 눈으로 날 보았다. 뒤늦게 정신이 돌아왔다. 나는 사과했다.

"죄송해요."

"무슨 일 있어? 이야기해 봐."

"별일 아니에요."

"별일이 아니긴. 자, 편하게 앉아서 이야기해 봐."

만두 언니와 아이들이 진지한 눈빛으로 나를 바라보았다. 어떤 대목에서부터, 어떻게 이야기를 꺼내야 할까? 있잖아 사실, 우리 오빠가 게임하다가 '현피'를 뜬답시고 남한테 뚜드려 맞고 그만 빚을 졌는데…… 안 돼. 창피해서 죽어도 말 못 해.

"아무것도 아니에요. 그냥 잠을 못 자서 피곤해서 그랬어요."

수업이 끝나고 윤지는 사흘 뒤에 있는 모의고사 준비를 해야 한다며 독서실로 가 버렸다. 화영과 둘만 남은 나는 만두 언니 앞에서 하지 못했던 집안 이야기를 꺼낼까 말까 고민했다. 화영은 인생 경험도 풍부하고 입도 무거우니 좋은 상담 상대가 될 것이다.

"화영아. 나 고민이 있는……."

"할 이야기가 있어."

나와 화영은 동시에 말문을 열고는 머쓱해져 입을 다물었다.

"너 먼저 얘기해."

"아니야, 너 먼저 말해."

서로 미루다가 화영이 먼저 이야기를 하기로 했다. 화영은 한참 동안 눈을 이리저리 굴리며 망설이더니 비장한 표정으로 입을 열었다.

"나, 지난 주말에 그 사람 만나고 왔어."

고작 며칠 사이에 '그 자식'에서 '그 사람'으로 격이 올라갔구나.

"만나서 뭐 했는데? 복수는 성공했어?"

"만두 언니가 가르쳐 준 대로 잘 꾸미고 나갔더니 완전 충격 받은 표정 짓더라. 레스토랑에서 점심 먹고 아주 오랫동안 많은 이야기를 했어."

"어떻게 차려입고 나갔는데?"

"뭐 그냥 인터넷 쇼핑몰에서 원피스 한 벌 사서 입고, 머리띠

하고, 작은 언니 구두 훔쳐 신고 나갔어. 화장도 조금 하고."

"우아, 진짜? 사진 찍은 거 없어? 좀 보여 줘."

"사진은 있지만…… 아, 몰라. 싫어. 쪽팔린단 말야."

휴대폰을 뺏으려고 실랑이를 벌인 끝에 화영은 쑥스러운 듯 목덜미를 벅벅 긁으며 셀카 사진을 보여 주었다. 반짝이는 나비 모양 스팽글이 붙은 커다란 머리띠를 두르고 엷게 화장한 얼굴로 수줍게 웃는 화영의 모습은 천상 여자아이, 그것도 무지하게 예쁜 여자아이였다. 이 사진을 김화영 팬클럽 애들한테 보여 줘야 하는데.

"대박! 완전 연예인! 그래서 그 남자는 보기 좋게 차 버렸어?"

내 질문에 화영은 난감한 표정으로 어물거렸다.

"그게…… 이야기가 좀 길어져서. 처음에는 나도 분명 그 사람 큰 코 다치게 해 주고 싶은 마음으로 나간 건데……."

"답답하게 말 돌리지 말고 어떻게 된 건지 이야기 좀 해 봐."

내 재촉에 화영은 한숨을 푹 쉬고는 잘 들리지 않는 목소리로 말했다.

"그 사람이랑 다시 사귀기로 했어."

"뭐라고?"

나는 화영의 어깨를 붙들고 짤짤 흔들었다.

"너를 그렇게 싸가지 없이 차 버린 남자랑 다시 사귀겠다니 제정신이야? 아무리 그 남자가 명문대 법대생에 훈남이래도 그렇지!"

"그 사람이 날 찼던 건 인생 최대의 실수라고 사과했어. 굉장히 진지하게 사과했단 말이야. 나도 한참 고민한 끝에 허락한 거야."

"거짓말. 너 그 남자가 다시 사귀자고 말하자마자 곧바로 좋다 그랬지?"

"시…… 시끄러워!"

"그래서 이제 다시 남친이 생겼다는 말씀이지? 흥, 좋겠네."

"그 사람, 나한테 몰라보게 예뻐졌다고, 모델 같다고 입에 침이 마르게 칭찬하더라."

"이제는 자랑질까지 하냐? 중증이다. 남친도 없는 나 같은 애는 서러워서 살겠나."

"아무튼 다시 사귀기로 했으니까 이제는 진짜 잘 해 보려고. 그 사람한테 이번에 모델 오디션 본다는 이야기 했더니 장미 백송이 사 들고 응원하러 와 준다고 했어."

"난 네가 그 남자 멋있게 차 버릴 줄 알았는데."

"나도 이럴 줄은 몰랐지."

"그 사람, 이번에는 진심인 것 같아?"

"응. 진심이 느껴졌어."

양 볼을 분홍색으로 물들이고 쑥스러운 듯 웃는 화영의 얼굴이 얼마나 예뻤던지. 나는 배가 아파 죽을 지경이었다. 그나저나 내 이야기도 해야 하는데. 사랑에 빠져 별나라로 가 버린 친구에게 어두운 집안 사정을 얘기한다고 들어나 줄까. 화영은 마침 멈추어 선 마을버스를 타고 가 버렸다.

막내라는 이유로 우리 네 식구 중에 나만 진실을 모르고 있는 것은 억울했다. 하지만 차마 엄마나 아빠에게 직접 물어볼 수는 없는 노릇이었다. 얼굴 마주치기도 짜증 나는 인간이지만 오빠에게 물어보는 수밖에 없었다. 다음 날 저녁 나는 큰맘 먹고 오빠의 방문을 두드렸다. 마지막으로 오빠랑 진지하게 대화를 한 게 언제인지 기억도 잘 나지 않았다. 아마 오빠도 나와 마찬가지겠지.

서너 번 두드렸지만 방문은 열리지 않았다. 그놈의 헤드셋. 나는 발로 방문을 걷어찼다. 거칠게 문이 열리고 오빠가 고개를 내밀었다.

"뭐야?"

"할 얘기가 있어."

시퍼런 멍과 반창고로 뒤덮인 오빠의 얼굴에는 며칠 동안 깎지 않은 턱수염까지 지저분하게 자라나 노숙자 뺨치는 몰골이었다.

"너랑 할 얘기 없으니 방해 말고 나가라, 엉?"

"중요한 이야기야. 잠깐 들어가서 문 닫고 얘기해."

내가 딱 잘라서 말하자 오빠는 황당한 표정으로 나를 방 안으로 들여보냈다. 나는 최대한 쓰레기가 덜 굴러다니는 방바닥을 찾아 까치발로 서서 말했다.

"오빠 빚 때문에 엄마 아빠 장난 아니게 싸운 거 알지?"

"그래서 어쨌다고?"

"엄마 아빠 부부싸움 하는 거 훔쳐보다가 들었는데, 아빠가 엄마 몰래 딴 통장을 찼대. 그래서 엄마가 완전 열 받은 것 같아. 엄마가 왜 그러는지 혹시 오빠는 알아?"

"뭔 소리야?"

"그러니까 나는 아빠가 딴 통장을 찬 게 왜 화나는 일인지 잘 모르겠어."

"너 바보냐?"

오빠는 코웃음을 쳤다.

"난 또 뭐라고. 하긴, 너는 그때 초딩이었으니까 몰랐을 수도 있겠다."

"무슨 소린지 제대로 말 좀 해 봐."

"아빠 바람피웠잖아."

뎅. 내 머릿속에서 커다란 종이 울렸다.

"……진짜야? 진짜로 아빠가 바람을 피웠어?"

"그래. 아버지 퇴직하기 전에 바람피우다가 엄마한테 딱 걸린 거 모르냐?"

오빠는 철 지난 드라마의 줄거리 이야기하듯 말했다.

"여우 같은 신입 사원 여자애한테 걸려서는. 모르긴 몰라도 그 여자애 떼어 내느라 돈 엄청 털렸을걸. 나중에는 그 계집애가 엄마한테 문자질 하고 전화까지 걸어서 난리가 났었지. 아버지도 그렇지. 그 연세에 젊은 계집애한테 휘둘려서 망신이나 당하고 말야."

아무렇지도 않게 이야기를 토해 낸 오빠는 헤드셋을 뒤집어 썼다. 나는 믿을 수 없어서 되물었다.

"거짓말하는 거 아니지? 진짜로 아빠가 바람피웠다고?"

"그럼 내가 할 일 없이 너 붙들고 헛소리하겠냐? 용건 끝났으면 나가라."

오빠는 나를 짐짝처럼 방 밖으로 밀어냈다. 나는 바람 빠진 풍선처럼 주저앉았다. 심장이 마구 쿵쾅거렸다. 아빠가 바람을 피웠다. 바람 상대에게 돈까지 주었다. 도저히 믿을 수 없었다. 엄마가 아무리 아빠를 무시해도 나는 아빠를 좋아했다. 아빠가 엄마 몰래 꺼내 준 만 원짜리 지폐 열 장이 눈앞에 아른거렸다. 아빠는 엄마 몰래 나에게 뷰티 살롱에 등록할 돈도 주었다. 오빠의 빚도 갚아 주었다. 그리고 아빠는…… 그 여자에게도 돈을 주었다.

그런 줄도 모르고 나는 아빠가 불쌍하다고 생각했다. 엄마가 회사를 빼먹고 머리 싸매고 앓아누워도 끝까지 아빠 편을 들었는데.

머리가 터질 것 같아 나는 집을 나왔다. 한참을 걸었지만 여전히 머리는 맑아지지 않았다. 나는 뛰기 시작했다. 숨이 턱에 닿을 정도가 되어서야 겨우 발을 멈추었다. 땀에 젖은 옷 속으로 차가운 바람이 파고들었다. 나는 전봇대에 기대어 흐르는 눈물을 닦았다. 눈물을 닦으려고 꺼낸 휴지의 낯익은 주유소 마크를 보자 아빠 얼굴이 떠오르며 화가 치밀었다.

나는 홧김에 집에서 뛰쳐나왔을 때처럼 거리를 방황하기 시작했다. 순식간에 밤이 깊었다. 슬슬 집에서 연락이 오지 않을까 하고 휴대폰을 꺼내 봤지만 문자 한 통 오지 않았다. 부아가 돋았다. 막내딸이 집을 나왔는데 찾지도 않는다 이거지? 충동적으로 가출을 결심하고 지갑을 열었더니 버스 카드와 천 원짜리 두 장밖에 없었다. 달랑 이천 원으로는 PC방에서 밤을 새울 수도 없었다. 나는 어쩔 수 없이 집을 향해 발걸음을 돌렸다.

어느덧 자정이 넘었다. 마을버스가 끊겨 걸어 돌아가는 수밖에 없었다. 어두운 골목에는 적막이 흘렀다. 불그스레한 가로등 불빛이 길가에 선 승용차들을 으스스하게 내리쬐었다. 골목을 걷는 사람은 나뿐이었다. 이러다가 검은 승용차 변태라도 만나면 어떡해. 나는 발걸음을 재촉했다.

집으로 가는 길에 있는 마지막 편의점을 지나쳤다. 적어도 오분 동안은 가로등 불빛만 바라보며 걸어야 한다. 어둠 속을 걷는 동안 검은 승용차 생각이 머리에서 떠나지 않았다. 학교에서는 웃어넘겼던 온갖 검은 승용차 괴담들이 떠올랐다. 나는 상상을 떨쳐 내려고 머리를 마구 흔들었다. 나는 뚱뚱하니까, 안 예쁘니까 괜찮을 거야.

어렴풋이 엔진 소리가 들렸다. 처음에는 상상이 불러일으킨 환청이라고 생각했다. 다시 한 번 커다란 개가 으르렁거리는 듯한 엔진 소리가 내 등 바로 뒤에서 처음보다 더 크게 들려왔다. 나는 뒤를 돌아보았다. 가로등 불빛 아래 검게 빛나는 승용차가 느린 속도로 나를 쫓아오고 있었다.

기적과 파국

나는 뛰기 시작했다. 엔진 소리가 커졌다. 검은 승용차는 속도를 내어 나를 쫓아왔다. 나는 공포에 질려 더 빨리 뛰었다. 죽어라고 뛰다가 길가에 아무렇게나 세워 둔 오토바이에 발끝이 걸리며 바닥에 보기 좋게 나동그라졌다. 아스팔트에 갈린 무릎이 불붙은 듯 화끈거렸다. 나는 일어나서 다시 뛰기 시작했지만 다리가 후들거려 방금처럼 빠르게 뛸 수 없었다. 우리 집이 있는 아파트 단지의 불빛이 손에 잡힐 듯 가까이 보였다.

승용차는 내 옆으로 바짝 다가왔다. 운전석 창문 열리는 소리가 나더니 굵은 남자 목소리가 들렸다.

"학생, 잠깐만."

숨이 멎을 것 같았다. 나는 감히 운전석 쪽을 쳐다볼 생각조

차 하지 못하고 계속 달렸다.

"학생, 잠깐만 거기 서 봐."

남자는 다시 한 번 말했다. 심장이 터질 듯이 크게 뛰었다. 나는 뚱뚱하니까 변태에게 붙잡혀도 아무 일 없을 거라는 믿음은 늦겨울 살얼음처럼 힘없이 부서졌다. 나는 비로소 뼈에 사무치는 진실을 깨달았다. 진짜 변태 앞에서 뚱뚱한 것은 아무런 상관도 없다는 걸, 단지 변태보다 힘이 약하거나 어리기만 하면 그만이라는 것을. 하지만 깨달음은 너무 늦었다.

내가 못 들은 척 달리기만 하자 검은 승용차는 갑자기 속력을 내더니 나보다 한 블록 앞서 있는 인도 위로 타고 올라왔다.

"꺄아악!"

나는 숨넘어가는 비명을 지르며 그 자리에 멈추어 섰다. 승용차 운전석이 열리더니 낯선 남자가 나왔다.

"왜 어른 말을 안 들어?"

남자는 나를 향해 걸어왔다. 나는 그 자리에 얼어붙었다. 선잠 자다 가위에 눌린 것처럼 손가락 하나 꼼짝할 수 없었다. 남자는 내 코앞으로 다가와 우뚝 섰다. 남자의 숨결에서 생선 비린내 같은 악취가 풍겼다.

"어른 말 안 들었으니까 잘못했다고 사과해야지?"

말이 나오지 않았다. 남자의 손이 내 왼쪽 팔을 움켜잡았다. 나는 온 힘을 다해 비명을 내질렀지만 정작 입 밖으로 나온 것은 힘없이 바람 빠지는 소리뿐이었다. 남자는 내 팔을 붙든 채 고개를 숙여 내 입가에 귀를 갖다 대더니 말했다.

"응? 뭐라고? 좀 더 크게 말해야 아저씨가 알아듣지."

"자…… 잘……. 잘못, 했어요."

"으응? 잘 안 들리니까 저기 아저씨 차에 가서 조용하게 문 닫고 제대로 들어야겠다."

그대로 숨이 멎을 것만 같았다. 남자의 손아귀 힘은 어마어마했다. 남자는 나를 잡아끌고 승용차를 향해 걸어가기 시작했다. 그제야 목이 트였다. 나는 젖 먹던 힘을 다해 양 발에 힘을 주고 버티면서 내 팔을 움켜잡은 남자의 팔을 반대 방향으로 잡아당기며 소리를 질렀다.

"싫어요! 이 손 놔요! 놓으란 말이에요!"

나는 불 꺼진 상가들의 창문을 향해 고래고래 고함을 질렀다. 제발 도와줘, 아무라도 좋으니 불 켜고 이쪽을 내다봐 줘. 내가 소리를 지르기 시작하자 남자의 힘이 훨씬 드세졌다. 갑자기 승용차가 세워진 뒤쪽의 좁은 골목 안쪽에서 누군가의 그림자가 불쑥 나타났다. 어둡고 멀리 떨어져 있어서 잘 보이지 않았지만 어른 남자 같았다. 남자건 여자건 날 구해 주기만 한다면 상관없었다. 그러나 그 사람은 이쪽을 보지 못한 듯 맞은편으로 느릿느릿 걸어갔다. 나는 온 힘을 다해 소리쳤다.

"여기요! 사람 살려!"

드디어 그 사람이 길 한가운데에 멈추어 서더니 이쪽을 바라보았다. 이제 살았다. 저 사람이 날 구해 줄 거야. 너무 반가워서 눈물이 마구 솟았다. 나를 끌고 가는 남자의 발걸음이 빨라졌다.

"도와주세요! 빨리!"

나는 남자에게 질질 끌려가면서 계속 비명을 질러 댔다. 그러나 구세주는 슬금슬금 뒷걸음질을 치더니 몸을 돌려 저 멀리 나와 반대 방향으로 냅다 뛰어가 버렸다. 나를 버리고 가다니. 기가 막혀 힘이 쭉 빠져나갔다. 어느새 나는 승용차 뒷좌석 바로 앞까지 끌려와 있었다. 남자는 내 머리와 어깨를 콱 짓누르며 차 안으로 밀어 넣으려 했다. 나는 짐짝처럼 차 안으로 쑤셔 넣어졌다. 딱딱한 좌석 등받이에 머리가 우악스럽게 처박혔다. 남자는 좌석 밖으로 비어져 나온 내 다리를 두 손으로 움켜잡았다.

어디선가 딱딱 하는 이상한 소리가 났다. 내 이가 마구 떨리면서 맞부딪혀 내는 소리였다. 나는 덜덜 떨면서 나를 제압하는 남자의 얼굴을 바라보았다. 흔들리는 가로등 불빛에 남자의 얼굴이 아주 잠깐 동안 드러났다. 별 특징도 없이 허여멀건 하니 평범한 남자의 얼굴이었다. 이 얼굴이 내가 세상에 살아서 마지막으로 보는 얼굴이 될지도 모른다고 생각하자 너무 무서웠다. 남자는 한 손으로 내 다리를 움켜쥔 채 다른 한 손을 치맛자락을 향해 뻗었다. 제발, 아빠, 엄마, 하느님, 엄마!

"욱!"

갑자기 남자가 이상한 소리를 내질렀다. 그와 동시에 내 다리를 단단히 틀어잡은 힘이 느슨해졌다. 남자는 한 손은 내 다리를 잡아 벌리고 나머지 한 손은 내 치마를 향해 뻗은 채로 줄 끊긴 꼭두각시 인형처럼 옆으로 힘없이 쓰러졌다. 이어서 반쯤 닫힌 뒷좌석 문이 활짝 열렸다. 나는 시트 위에 나동그라진 자세로 뒤집힌 치마를 바로잡을 생각도 못 하고 문을 열어젖힌 사람을 멍하니 바라보았다. 그는 차 안으로 몸을 들이밀고 나를 향해 손을 내밀며 외쳤다.

"빨리, 빨리!"

앞뒤 가릴 겨를 없이 나는 그 손을 붙잡고 차에서 뛰어내렸다. 나를 습격한 남자는 땅바닥에 엎어져 있었다. 죽은 듯이 움직이지 않는 남자의 머리 바로 옆에는 내 주먹만 한 돌덩이가 다소곳이 놓여 있었다. 뒤늦게 내 손을 붙든 사람의 얼굴을 알아본 나는 눈이 튀어나오게 놀라 외쳤다.

"오마르?"

나를 구한 사람은 오마르였다. 오마르는 쓰러진 남자에게 다가가 목덜미에 손가락을 대 보고는 어깨를 으쓱했다. 죽지는 않은 모양이었다.

"저 돌…… 설마 오마르가 던진 거예요?"

오마르는 고개를 끄덕였다. 나는 기절한 남자를 다시 한 번 돌아보았다. 바닥에 놓인 돌의 뾰족한 모서리에 피가 약간 묻어 있었다.

"진짜예요? 도대체 어떻게 한 거예요?"

"나는 군인이었으니까. 가끔은 총 대신 돌로 싸웠어. 돌 던지기 연습 많이 했지."

나는 얼이 나간 채로 중얼거렸다.

"저는…… 만두 언니가 괜히 하는 말인 줄 알았어요. 재미있으라고……."

꾸며 낸 이야기가 아니었다. 오마르는 진짜로 군인 출신이었다. 오마르는 액션 영화에 나오는 특수 부대 출신 주인공처럼 돌 팔매질 단 한 방으로 악당을 퇴치했다.

오마르는 나를 집 앞까지 데려다 주었다. 문득 걱정이 들어 나는 오마르에게 물었다.

"그런데 정말로 경찰에 신고 안 해도 될까요?"

"아니. 괜찮아. 나는 경찰 별로 안 좋아해."

"왜요? 오마르 혹시…… 불법 체류자예요?"

오마르는 두 손을 휘휘 내저으며 고개를 저었다.

"그런 거 아니야. 하지만 나 같은 외국인은 경찰들이 별로 안 좋아해. 경찰서 가면 머리 아파져."

그럼에도 불구하고 멋지게 돌을 던져 나를 구해 준 오마르가 한없이 고마웠다. 오마르가 도와주지 않았다면 나는 어떻게 되었을까? 상상도 하기 싫었다. 나는 집으로 올라가려다 말고 문득 떠오르는 것이 있어 오마르에게 물어보았다.

"오마르, 혹시 나 말고 다른 친구도 도와준 적 있어요?"

오마르는 무슨 소리냐는 듯 눈을 둥그렇게 뜨더니 아아, 하고 각진 턱에 손을 가져갔다.

"예전에 한 번 도와줬어. 길 가다가 우연히 봤지. 그때는 그냥 말로만 싸웠어. 학생은 바로 도망가더라. 무서웠겠지."

이로써 오마르가 검은 승용차 변태와 한 패거리라는 소문은 헛소문이었다는 사실이 분명해졌다. 목숨 걸고 도와준 오마르를 변태랑 한 패 취급하다니! 마치 내가 누명을 쓴 것처럼 억울하고 화가 났다. 나는 당장 학교에 달려가 아이들의 오해를 풀겠다고 호언장담했지만 오마르는 오늘 일은 절대 다른 사람들에게 이야기하지 말라고 신신당부를 했다.

검은 승용차의 변태가 경찰에 검거되었다는 뉴스가 학교를 뒤흔들었다. 변태는 뇌진탕 상태로 계속 기절해 있다가 새벽 순찰을 돌던 동네 경관들에게 붙잡혔다. 경찰은 변태를 조사해서 근방의 여자 고등학교 근처를 돌아다니며 성추행을 일삼아 왔다는 사실을 알아냈다. 변태에게 돌팔매질을 한 장본인은 끝내 발견하지 못했다.

나는 내가 겪은 일에 대해 입도 벙긋하지 않았다. 두 번 다시 떠올리고 싶지 않은 기억이기도 했다. 그 일이 있고 나서 며칠간은 길거리의 평범한 검은색 승용차만 봐도 온몸에 소름이 끼쳤다. 오마르가 한 발만 늦었어도 나는 변태에게 성폭행을 당했을지도 모른다. 나는 슈퍼 히어로처럼 나를 구해 낸 오마르 이야기를 하고 싶어서 입이 근질거렸다. 오마르와 영원히 입을 다물기로 약속했지만 화영과 윤지에게만은 꼭 이야기해 주고 싶었다. 나는 화영과 윤지를 학교 소각장으로 불러냈다. 그러나 소각장에는 화영 혼자만 나왔다.

"윤지는?"

"몰라. 공부한다나."

"잘났다. 아무튼 나, 비밀 이야기가 있어. 어젯밤에 있잖아."

"미안한데 난 오늘 남 이야기 들어 줄 만한 기분이 아니야."

화영은 어두운 표정으로 내 말을 잘랐다.

"왜? 남친이랑 싸우기라도 한 거야?"

"말하고 싶지 않다니까. 난 이만 갈래."

화영은 돌아서서 교실로 향했다. 나는 화영을 뒤쫓아 갔다.

"무슨 일인데 그래? 좀 가르쳐 줘."

"말하기 싫다니까!"

화영은 신경질적으로 외치며 계단을 성큼성큼 걸어 올라갔다. 키 큰 화영의 걸음걸이를 종종걸음으로 쫓아가려니 숨이 찼다. 그래도 나는 끈질기게 화영을 쫓아 계단을 뛰어 올라갔다.

"자꾸 왜 이래?"

화영은 제 옷깃을 붙든 내 손을 거칠게 뿌리쳤다. 그 서슬에 내 몸이 뒤로 기울며 계단을 짚은 한쪽 발이 미끄러졌다. 나는 균형을 잃고 양팔을 허우적거렸다.

"으악!"

내 비명을 들은 화영이 깜짝 놀라 뿌리쳤던 내 손을 다시 붙들었다. 그러나 이미 내 몸의 중심축은 뒤로 한껏 기울어진 채였다. 나는 화영과 함께 계단 아래로 굴러떨어졌다.

"좀 비켜! 깔려 죽겠어!"

큰대 자로 뻗은 나는 내 위에 겹쳐 쓰러진 화영의 기다란 몸을 옆으로 치우려고 끙끙대며 소리쳤다. 화영은 느릿느릿 내 몸 위에서 일어나더니 계단에 주저앉았다. 까진 내 무릎에서 피가 배어 나오고 있었다. 나는 화영 앞에 서서 내 무릎을 가리키며 눈을 부라렸다.

"이것 봐. 너 때문에 다쳤으니까 이번에는 꼭 말해야 해. 도대체 무슨 일이야?"

화영은 이마에 손을 가져가더니 울 것 같은 목소리로 말했다.

"나 헤어졌어."

"뭐? 왜?"

"그 자식…… 내 사진을 인터넷에 올렸어."

화영은 분을 못 이기고 눈물을 흘리며 이야기를 털어놓았다.

'요즘 만나는 여고딩'. 화영의 남자 친구가 사진을 첨부해서

187

유머 사이트 게시판에 올린 글의 제목이었다. 사진 속에는 원피스를 입고 남자 친구의 품에 안겨 수줍게 웃는 화영의 얼굴이 찍혀 있었다. 함께 찍힌 남자의 얼굴 부분만 교묘하게 잘라 낸 사진이었다.

남자가 올린 글의 처음 몇 줄은 여자 친구 자랑을 하는 내용인 듯 보였지만 읽어 내려갈수록 점점 이상해졌다. '요즘 나한테 푹 빠져 있음', '배구부 출신이라 키도 크고 몸매도 모델 스펙임', '중딩 때 첨 만났는데 그때 끝까지 못 간 게 아직도 아쉬움. 조만간 깃발 꽃을 예정!'. 글 밑에는 수십 개의 댓글이 달렸는데 글 내용 못지않게 지저분한 소리로 점철되어 있었다.

화영은 그동안 남자 친구가 이곳저곳에 올린 게시물들을 밤새도록 검색해 보았다. 남자 친구는 수없이 많은 사이트에서 활동하고 있었다. 성인 사이트, 양주 애호가 사이트, 헌팅 사이트. 남자가 올린 게시물의 제목은 전부 비슷했지만 첨부된 사진의 주인공은 전부 달랐다. 여대생, 레이싱 모델, 간호사, 나이트클럽에서 만난 여자, 백화점 판매원, 학원 강사, 그리고 화영. 명문대를 다니며 머리 빈 여자들을 경멸하던 남자는 인터넷에서는 자신이 만나는 여자의 가슴과 다리 모양, 잠자리 기술을 신나게 자랑하고 있었다.

화영은 곧바로 남자 친구에게 인터넷에 왜 그런 글을 올렸느냐고 따져 물었다. 그러자 남자 친구는 도리어 화를 냈다. 화영이 남자가 예전에 올린 다른 여자들의 사진 이야기를 꺼내자 남자는 한동안 아무 말 없더니 연락이 두절되었다. 화영이 문자로 욕을 보내도 묵묵부답이었다. 이번에도 결국 화영은 남자에게 차인 꼴이 되었다.

화영의 이야기를 듣자 정신이 혼미해질 지경이었다. 요 며칠 사이 내가 당한 일도 장난이 아니지만 화영의 이야기도 만만찮았다.

"나, 이제 뷰티 살롱 안 나갈 거야."

화영의 말에 나는 깜짝 놀랐다.

"왜? 이제 오디션까지 일주일도 안 남았잖아."

"내가 뭣 때문에 돈까지 내면서 뷰티 살롱에 다녔는데. 전부 그 자식 때문이었어. 중학교 때 그 자식한테 차이고 나서 나는 한 번도 그 자식 생각을 하지 않은 날이 없었어. 실은 그 자식이 나한테 다시 사귀자고 했을 때 정말 기뻤어. 그런데 그 자식은 나를 자기 여자 친구로 여기지 않았어. 그냥 인간 쓰레기였다고. 난 그런 줄도 모르고……."

화영은 목이 메어 더 이상 말을 잇지 못했다. 나는 힘껏 화영을 위로했다.

"그러니까 더 예뻐져야지. 끝내주게 예뻐져서 유명 모델이 되는 거야. TV에 나가서 그 빌어먹을 놈 욕을 한바탕 해 주는 거어때? 네가 당한 것의 몇 배로 복수할 수 있잖아."

화영은 어깨에 두른 내 팔을 거칠게 걷어 냈다.

"구태여 그런 짓 하고 싶지도 않아. 그냥 그 자식에 관련된 모든 것을 기억 속에서 없애 버리고 싶어."

"뷰티 살롱도? 만두 언니도? 오디션도?"

"그래. 내 인생에서 싹 지워 버리고 싶어."

"그럼 나도?"

화영은 대답이 없었다.

"그동안 노력한 것에는 아무 의미도 없는 거야? 단지 그 남자를 위해서만 노력한 거였어?"

화영은 대답하지 못했다. 나는 허탈하게 중얼거렸다.

"그렇게 그 자식이 좋냐?"

"뭐?"

"넌 키 크고 예쁘잖아. 충분히 더 좋은 남자 친구 만날 수 있을 텐데 왜 그래?"

"난 앞으로 평생 남자 안 사귈 거야."

말이 통하지 않았다. 화영에게 한 마디 쏘아붙여 주고 싶어 입이 근질근질했다. 나는 어깨를 으쓱하며 빈정거렸다.

"그래 놓고 나중에 또 그 남자 못 잊어서 다시 사귄다고 그러는 거 아냐?"

"너 말이 좀 심하다?"

화영이 이마를 구겼다. 나는 속으로 아차 했지만 이미 늦었다.

입이 멋대로 움직였다.

"남자 안 사귀면 진짜 레즈비언이라도 될 거야? 그런 것도 아니면서 허세 부리기는!"

"이게 진짜!"

분을 이기지 못한 화영이 내 멱살을 움켜쥐었다.

"야! 네가 뭘 안다고 지랄이야? 너 한 번이라도 사람 좋아해 본 적 있어? 좋아하는 사람한테 두 번이나 뒤통수 맞는 게 어떤 기분인 줄 알아?"

화영은 제정신이 아닌 것 같았다. 나도 반쯤 정신이 나간 채 맞고함을 질렀다.

"그래 난 모른다! 인간 말종 구남친 못 잊고 바보처럼 좋아하느니 평생 아무도 안 좋아하는 게 낫겠네!"

화영의 표정이 싸늘하게 식었다. 순간 가슴이 뜨끔했지만 이미 늦었다.

"박세아, 너 앞으로 나 알은척하지 마. 알은척하면 죽을 줄 알아."

얼음처럼 차가운 화영의 목소리가 귀를 때렸다. 그제야 내가 좀 심했다는 자각이 들었다. 남자친구한테 두 번이나 차인 애한테 말이다. 그것도 그렇게 지저분한 일을 겪고 헤어졌는데. 지금이라도 사과할까. 내가 미적거리는 동안 화영은 긴 다리로 휘적휘적 계단을 올라가 사라져 버렸다.

다음 날 모의고사 성적표가 나왔다. 내 점수는 지난번 모의고사에서 또 추가로 30점 떨어졌다. 별로 놀랍지도 않았다. 공부라고는 쳐다보지도 못했으니 당연한 결과였다.

정작 내가 놀란 것은 내 떨어진 성적 때문이 아니라 만년 전교 3등 윤지의 성적이었다. 언제나 전교 3등이었던 윤지의 성적은 13등까지 뚝 떨어져 있었다. 윤지는 복도에 우두커니 서서 제 성적표를 뚫어져라 내려다보고 있었다. 윤지의 이마 한복판에는 커다랗고 붉은 여드름들이 밤하늘 별자리처럼 나란히 돋아나 있었다.

아이들은 윤지를 흘끔거리며 노골적으로 수군거렸다.

"이윤지 쟤, 이번에 성적 완전 떨어졌다며?"

"맨날 일 등, 일 등 노래 부르더니 꼴좋네."

"어차피 13등이나 3등이나 좋은 대학 가겠지. 난 부럽다."

갑자기 윤지의 얼굴이 붉으락푸르락해졌다. 성난 황소처럼 벌름거리는 콧구멍에서 가쁜 숨이 새어 나왔다. 무슨 일이 벌어져도 단단히 벌어질 것 같은 예감이었다.

"쟤 왜 저래? 미쳤나 봐!"

윤지는 갑자기 성적표를 박박 찢어 대기 시작했다. 성적표는 순식간에 휴지 조각이 되어 사방으로 흩날렸다. 윤지는 미친 듯이 소리 질렀다.

"말도 안 돼! 이럴 수는 없어! 이럴 순 없다고!"

소란을 듣고 복도로 나온 아이들이 윤지더러 들으라는 듯 큰 소리로 비웃었다.

"미친 거 아냐?"

"쟤 원래 똘아이잖아. 웃겨 진짜."

"정신병이라니까. 야, 치료 좀 받아라."

매몰찬 웃음소리와 모진 말이 쏟아졌다. 윤지는 갑자기 교실로 뛰어 들어갔다. 복도에는 윤지가 찢어 버린 석차표 조각들이 어지럽게 널려 있었다. 머지않아 안 좋은 일이 벌어질 듯한 예감이 들었다.

"꺄악, 쟤 좀 봐!"

막 우리 반으로 돌아가 앉았는데 갑자기 운동장에서 찢어지는 고함 소리가 들렸다. 운동장 밖을 내려다보자 아이들이 학교 건물을 향해 비명을 질러 대고 있었다. 나는 반사적으로 교실 밖으로 뛰어 나갔다. 바깥 창틀 위에 윤지가 서 있었다. 윤지는 두 손을 좌우로 뻗어 세로틀을 잡은 채 간신히 몸을 지탱하고 있었다.

"그만해! 들어와!"

교실 안의 아이들이 아우성을 쳤지만 윤지는 들은 척도 않고 소리 질렀다.

"필요 없어! 죽을 거야!"

이윽고 교무주임과 국사 선생님을 비롯한 몇몇 선생님들이 사색이 되어 달려왔다. 선생님들이 아무리 달래고 빌어도 윤지

는 들은 척도 하지 않았다. 국사 선생님은 윤지 바로 옆으로 한
껏 몸을 내밀고 소리쳤다.

"그만하고 어서 이리 와!"

윤지는 외려 보란 듯이 한쪽 발을 앞으로 천천히 뻗었다. 이
제 윤지는 한 발로 몸을 지탱하고 있었다. 학교 안과 밖에서 아
이들이 동시에 비명을 올렸다.

"으아악! 안 돼!"

나는 두 눈을 꼭 감았다. 과연 눈을 뜨고 윤지의 시체를 볼
수 있을까? 안 돼, 그런 건 죽어도 보고 싶지 않아, 떨어지지 마,
죽지 마.

"잡았다!"

아이들의 탄성에 나는 눈을 떴다. 기차놀이 하듯 아이들 여럿
을 허리에 줄줄이 매단 국사 선생님이 두 손으로 윤지의 교복
상의를 단단히 움켜잡고 교실 안으로 끌어당기고 있었다. 윤지
의 다리가 창 안으로 사라지는 것과 동시에 운동장에서 지켜보
던 아이들과 선생님들이 안도의 한숨을 내쉬었다.

"어서 올라가!"

아이들은 선생님에게 내몰려 교실로 돌아갔다. 학교가 발칵
뒤집힌 것은 물론이었다. 나는 윤지를 찾아가 봐야 하나 생각했
지만 만나서 무슨 이야기를 해야 할지 감도 잡히지 않았다.

─너 진짜로 오디션 안 나갈 거야?

다음 날 나는 화영에게 카톡을 보냈지만 답은 오지 않았다. 서른 번의 카톡 시도 끝에 마침내 화영으로부터 답이 왔다.

―네 번호 블락한다.

냉정한 계집애. 나는 자포자기해서 윤지를 찾아갔다. 윤지의 책상 주변에는 보이지 않는 장막이 둘러쳐 있었다. 전에도 왕따였던 윤지는 자살 소동 이후에는 완전히 '접근 금지 폐기물'이 되었다. 윤지의 얼굴을 본 나는 깜짝 놀랐다. 뷰티 살롱에 다니는 동안 제법 살이 붙어 보기 좋아졌던 얼굴이 해골처럼 변해 있었다. 나는 그냥 자살 소동 이야기는 꺼내지 않기로 마음먹었다.

"너, 오디션은 어쩔 거야?"

내가 말을 꺼내기 무섭게 윤지가 소리쳤다.

"내가 거기 왜 나가?"

"그야 만두…… 아르주만드 언니랑 약속했잖아. 노력도 엄청 많이 했고."

"그 사기꾼 이야기는 꺼내지도 마!"

"사기꾼이라니 무슨 소리야?"

윤지는 제 앞머리를 걷어 올리더니 이마 한가운데를 가리켰다.

"이것 봐, 내 이마에 여드름 안 보여? 여드름 없애 주겠다는 말만 믿고 다녔는데!"

"네가 지나치게 생각하는 거 아냐?"

윤지는 눈을 희번덕거리며 악을 썼다.

"지나치다니? 이번에 내 성적 떨어진 거 보면 몰라? 그 아줌마 나한테 사기 쳤어!"

"그럼 오디션은……."

"아까부터 자꾸 오디션 타령하는데, 너나 실컷 나가."

"너…… 며칠 전만 해도 만두 언니 실망시키지 않으려고 오디션에 나가겠다고 했잖아."

"몰라. 난 이제 너랑 이야기하는 것도 싫어!"

윤지는 나를 교실 밖으로 냅다 떠밀었다. 코앞에서 교실 문이 부서져라 닫혔다. 나는 멍하니 닫힌 문을 바라보았다. 윤지의 마음도 문과 함께 굳게 닫혀 버렸다.

나는 혼란스러웠다. 도대체 뭐가 어떻게 돌아가는 거지? 만두 언니가 이 사실을 알면 뭐라고 할까? 우리한테 엄청 기대를 걸고 있었는데. 셋 중에서 제일 뚱뚱한 나 혼자 남아 버렸다는 걸 알면 실망할지도 모른다. 그래도 처음 뷰티 살롱 시작할 때에 비하면 엄청 날씬해졌는데. 지난 며칠 동안에는 음식 생각도 거의 나지 않은 탓에 살이 쑥쑥 빠져나가 57킬로그램이 되었다. 석 달 사이에 살이 8킬로나 빠진 것이다. 석 달 전에는 지퍼도 올라가지 않아 안전핀으로 고정해야 했던 30인치 청바지도 빌려 입은 바지처럼 헐렁해졌다.

오디션은 이대로 없던 일이 되는 걸까. 윤지는 만두 언니를 사기꾼이라고 불렀지만 나는 분명히 살이 빠졌다. 힘들게 찾아 낸 나의 아름다움을 다른 사람들에게도 인정받고 싶었다. 하지만 이제 나는 혼자다.

　―너라도 무슨 말 좀 해 봐. 이제부터 내가 어떻게 해야 해?

　나는 아랫배를 쿡 찌르며 말을 걸었다. 그러나 아랫배는 아무런 말이 없었다. 상하좌우로 출렁거리며 나를 약 올리던 아랫배는 나를 떠나 버렸다. 몰라보게 납작해진 아랫배를 손바닥으로 어루만지자, 뜻밖에도 허전한 기분이 들었다.

　오디션이 사흘 앞으로 다가왔다. 이제는 만두 언니에게 모든 사실을 털어놓는 수밖에 없었다. 나는 그저 누군가 나를 이해해 주는 사람에게 이야기하고 싶었다. 오디션에 대해, 우리 가족에 대해, 화영의 빌어먹을 전 남자 친구에 대해, 윤지에 대해, 그리고 나에 대해서.

　그날 저녁 나는 혼자 뷰티 살롱으로 향했다. 가게에는 불이 꺼져 있었다. 나는 가게 앞에 쪼그리고 앉아서 만두 언니나 오마르가 오기를 기다렸다. 삼십 분 넘게 기다렸지만 아무도 나타나지 않았다. 어쩔 수 없이 만두 언니의 휴대폰에 전화를 걸었다. 연달아 몇 통이나 했지만 아무도 받지 않았다. 다음 날 아침 나는 다시 뷰티 살롱으로 찾아갔다. 가게는 여전히 닫혀 있었다. 잠긴 문고리에 작은 종이 한 장이 끼워져 있었다. 종이에는 '임대 문의'라는 말과 함께 낯선 휴대폰 번호가 대충 날려 쓴 글씨로 적혀 있었다.

아르주만드 뷰티 살롱은 문을 닫았다.

나는 아이들의 입을 통해 아르주만드 떡볶이 집이 지난 달 교육청에서 실시한 '학교환경위생정화구역 심의'에서 경고를 받았다는 사실을 알게 되었다. 떡볶이 양념에 한국에서는 식품 허가를 내주지 않는 외국산 재료를 넣어서 만든 것이 화근이었단다.

나 말고는 그 누구도 아르주만드 떡볶이 집이 없어진 사실을 아쉬워하지 않았다. 떡볶이 집이 없어졌다는 사실조차 모르는 아이들이 태반이었다. 학교 주변에는 해마다 여러 가게들이 생겨났다가 금방 문을 닫았다. 우리 아빠가 열었다가 금방 망했던 치킨 집처럼. 아르주만드 떡볶이 집은 그렇게 생겨났다가 사라지는 가게들 중 하나일 뿐이었다.

아르주만드 떡볶이 집이 문을 닫은 이유는 학교환경 어쩌고 하는 조사 때문만은 아닌 것이 분명했다. 지난 석 달 동안 그곳을 꾸준히 찾는 사람은 나와 화영과 윤지 세 사람뿐이었다. 그나마 특별 훈련을 받느라고 떡볶이도 거의 사 먹지 못했다. 떡볶이 수입이 줄어드는 동안 가게 임대료나 전기세 같은 문제가 점점 쌓여 갔을 것이다. 어쩌면 언니는 돈 때문에 힘들어했던 건지도 모를 일이었다.

뷰티 살롱에서 만두 언니는 우리와 같은 현실에 존재하는 사람이 아니었다. 화려한 옷차림을 하고 사하라 사막에서 퍼 온 모래를 건네주며 바다 건너 먼 나라에서 겪은 모험담을 이야기하는 만두 언니는 마법사였고, 드라마의 주인공이었으며, 아름다운 사막의 여왕님이었다. 그러나 뷰티 살롱이 문을 닫고 '임대 문의' 딱지가 붙은 지금, 나는 처음으로 만두 언니를 나와 같은 현실을 사는 사람으로 인식하기 시작했다. 만두 언니는 정말로 뭐 하는 사람이었을까? 그러나 이제는 더 이상 언니의 정체를 알아낼 길이 없다.

만두 언니의 휴대폰은 '정지된 번호'가 되었다. 엄마는 여전히 아빠가 세상에 존재하지 않는 것처럼 굴었고, 아빠는 계속 썰렁한 거실 소파에서 새우잠을 잤다. 오빠는 언제나처럼 헤드셋을 뒤집어쓰고 컴퓨터 앞에서 현실 도피를 하고 있었다. 모든 것이 원점으로 돌아왔다. 아르주만드 떡볶이 집이 없었던 때로. 아니, 완전히 원점은 아니다. 상황은 예전보다 훨씬 나빠졌으니까. 우리 엄마 아빠는 어쩌면 이혼을 할지도 모르고, 화영은 전 남친에게 봉변을 당했고, 윤지는 투신자살 기도를 했다. 그리고 무엇보다도 나와 화영과 윤지는 더 이상 친구가 아니게 되어 버렸다.

아르주만드 뷰티 살롱에서 있었던 일은 전부 꿈이 아니었을까? 만두 언니도, 오마르도 모두 사막의 신기루였던 건 아닐까? 문득 만두 언니의 말이 떠올랐다. 짙은 안개 속에 갇힌 것처럼 생각이 막힐 때, 내 힘으로는 어찌할 수 없는 고뇌로 가슴이 답답할 때는 고대 페르시아 수천 년의 신비가 담긴 마무리 동작을 취하라는 말.

나는 자리에서 일어나 한 발로 서서 뷰티 체조의 마무리 동작을 취했다. 오랜만이라 균형을 잡기 힘들었다. 심호흡을 하고 제자리 뛰기를 하는 순간 다리가 꼬이며 균형을 잃었다.

"우악!"

나는 비명을 지르며 옆으로 쓰러졌다. 쓰러지면서 휘두른 손끝에 창틀에 놓아둔 모래 병이 부딪혔다. 모래 병은 거꾸로 떨어져 산산조각이 나고 말았다. 사하라의 모래는 유리 조각과 함께 사방으로 흩어졌다. 나는 황급히 공책을 뜯어 때마침 책상 위에 있던 빈 야쿠르트 병에 모래를 쓸어 담았다. 정신없이 모래를 쓸다가 손바닥이 따끔하며 피가 조금 흘러나왔다. 상처에 모래가 들어가 화끈거렸다. 눈물이 비어져 나왔다. 이렇게 아픈데 꿈일 리가 없다. 뷰티 살롱은 분명히 존재했다. 뷰티 살롱에서 함께 지내던 사람들이 더 이상 내 곁에 없다고 해서 함께한 시간마저도 없던 것으로 돌리기는 싫었다.

나는 혼자서라도 오디션에 참가하기로 마음먹었다.

9

오디션

오디션이 열리는 날. 나는 새벽같이 일어나 옷을 차려입었다. 오디션이 열리는 회사는 멀리 신사동에 있었다. 낯선 골목길을 한참 헤맨 끝에 찾아간 회사는 예상했던 것보다 훨씬 작은 빌딩에 있었다. 엘리베이터를 타고 올라가자 피곤한 표정을 지은 직원 언니가 참가자 대기실로 안내해 주었다.

대기실에 들어가자 앉아 있던 아이들이 동시에 나를 올려다 보았다. 수많은 눈동자들이 내 머리부터 발끝까지 순식간에 훑어 내리더니 곧 아무 일도 없었다는 듯 각자의 위치로 돌아갔다. 나는 마른침을 삼켰다. 그 방 안에 있는 아이들 중 나보다 키 작고 못생긴 아이는 단 한 명도 없었다. 사이트에 쓰여 있던 말이랑 전혀 달랐다. 나는 휴대폰을 확인하는 척하면서 아이들의 얼굴을 훔쳐보았다. 어느 쪽을 둘러봐도 예쁜 아이들뿐이었다. 긴장으로 목이 탄 나는 직원 언니가 나누어 준 주스를 단숨에 들이켰다. 두루미처럼 가느다란 다리를 꼬고 앉은 아이들은 주스에는 손도 대지 않았다.

오디션이 시작되려면 삼십 분 넘게 남았다. 아직 도착하지 않은, 나처럼 평범한 아이들이 많이 있을 거다. 많이 있어야만 해. 대기실 벽에는 오디션 홍보 포스터가 붙어 있었다.

우리 브랜드는 틀에 박힌 아름다움을 거부합니다…… 신장을 비롯하여 모든 신체 사이즈의 제한은 일체 없습니다.

사이트에 적혀 있던 것과 같은 문구가 쓰여 있었다. 그래, 설마 거짓말을 하겠어? 여기는 평범한 스타일의 모델을 뽑는 자리야, 너희는 다 번지수를 잘못 찾아온 거라고.

나는 힘껏 마음의 평정을 유지하려고 노력했지만 쉽지 않았다. 훤칠하고 예쁜 아이들 여럿에게 둘러싸여 있자니 절로 어깨가 움츠러들었다. 십 분 정도 시간이 흐르고 두 명의 여자아이가 함께 들어왔다. 그 아이들을 본 나는 속으로 안도의 한숨을 쉬었다. 한 명은 키가 작고 한 명은 통통했다. 그 아이들은 예쁜 애들을 보고 내가 처음 들어왔을 때처럼 깜짝 놀라더니 주눅든 얼굴로 자리에 앉아 눈치를 보며 서로 귓속말을 나누었다.

새로운 참가자들이 속속 대기실로 들어왔다. 예쁜 아이들도 많았지만 평범하게 생긴 아이들도 있었다. 나는 비로소 긴장을 풀었다. 여자아이들로 꽉 찬 대기실은 금방 쉬는 시간 교실처럼 시끄러워졌다. 오디션 시작을 오 분 정도 남기고 직원 언니가 들어와 번호와 이름이 적힌 목걸이 이름표를 나누어 주었다. 내 번호는 105번이었다.

참가 번호 1번부터 대기실을 나가 오디션장으로 향했다. 이제 진짜 시작이다. 나는 빳빳이 앉아서 내 순서를 기다렸다. 어찌나 참가자가 많은지 한 시간이 지나도록 내 순서는 돌아오지 않았다.

"96번, 97번 들어오세요!"

대기 시간이 너무 오래 걸려서일까. 직원 언니는 한 명씩 부르던 번호를 두 명씩 붙여서 부르기 시작했다. 앞 번호가 빠르게 줄어들자 참을 수 없이 오줌이 마려워져 나는 화장실로 달려갔다. 오줌을 누는 동안 화장실 문에 붙은 작은 거울을 보며 마음을 다잡았다. 이 정도면 괜찮지, 안 그래? 8킬로 감량에 성공한 승리자니까. 이 오디션에서 원하는 건 평범한 보통 십 대의 얼굴이라고. 그치?

일을 다 보고 나오려는 찰나 옆 칸 화장실의 문이 쾅 열리더니 어른 여자의 목소리가 들려왔다. 아이들에게 번호표를 나누어 준 직원 언니의 목소리였다.

"말을 마라 얘. 개판이야, 개판. 어디서 순 메주덩어리 같은 것들만 몰려와서는."

무슨 이야기일까. 나는 숨을 죽이고 옆 칸에서 들려오는 목소리에 귀를 기울였다. 직원 언니는 바로 옆에서 내가 듣고 있는 줄은 꿈에도 모르고 큰 소리로 떠들었다.

"울 이사님 성격 알잖아. 우리가 그렇게 말렸는데, 광고 이상하게 내는 바람에 되도 않는 애들이 얼마나 많이 왔는지. 뭐? 야, 내가 그걸 알면 이런 회사에서 고생하겠니? 암튼 애들한테 가망 없으니 집에 가라고 말할 수도 없고. 그래. 완전 시간 낭비지, 시간 낭비! 가능성 있는 애들만 추려도 한참 걸릴 판에, 이래서 서류전형 꼭 넣어야 한다고 몇 번이나 말했는데……"

가슴이 철렁 내려앉았다. 되도 않는 애들? 가망이 없다? 시간 낭비? 그러면 광고가 거짓말이었다는 말인가?

"그런 광고 믿고 오는 애들도 멍청하지. 그렇잖아? 세상에 누가 뚱뚱하고 못생긴 애들을 모델로 써? 이게 무슨 개그맨 공채도 아니고 말이야."

나는 다리에 힘이 풀려 변기 뚜껑 위에 털썩 주저앉았다. '틀에 박힌 아름다움을 거부한다'는 홍보 문구는 새빨간 거짓말이었다. 우리를 꼭 합격 시키겠다며 열변을 토하던 만두 언니의 얼굴이 떠올랐다. 나랑 같이 열심히 연습했던 화영과 윤지의 얼굴도 떠올랐다. 오디션 자체가 거짓이었다면 아르주만드 뷰티 살롱은 도대체 무엇을 위해 존재했다는 말이야?

지금이라도 이런 거짓말투성이 오디션은 보지 않겠다고 선언

하고 집으로 돌아가 버릴 수도 있다. 괜히 상처받으며 헛수고 할 필요는 없다. 하지만…….

화장실을 나오는데 주머니에서 휴대폰이 울렸다. 윤지의 번호였다. 나는 깜짝 놀라 전화를 받았다.

"윤지? 웬일이야."

윤지는 다짜고짜 물었다.

"여기 골목길 골든 빌라 앞인데, 세명 약국이 어디에 있는지 도저히 모르겠어. 어플에도 안 나와 있다고. 나 길치란 말야. 어딘지 자세히 설명 좀 해 줘봐."

"어? 어. 빌라 등지고 뒤로 돌아서 오른쪽 골목을 보면……."

얼결에 오디션장 오는 길을 설명해 주었더니 윤지는 말도 없이 전화를 끊었다. 지난 며칠 동안 전화도 문자도 받지 않았던 윤지가 왜 이제 와서 오디션에 참가를 하지? 영문을 모를 노릇이었다. 몇 분 후 대기실에 윤지가 나타났다. 이마에 동그란 여드름 전용 패치를 붙인 윤지는 마구 달려온 듯 거친 숨을 몰아쉬며 내 옆자리에 털썩 주저앉았다. 윤지의 번호는 바로 내 뒷번호인 106번이었다.

"웬일이야? 안 올 것처럼 굴더니."

윤지는 뾰로통하게 내뱉었다.

"몰라. 묻지 마."

어쨌거나 윤지가 있으니 혼자 기다리는 것보다 마음이 훨씬 나왔다. 나는 윤지를 데리고 대기실 밖 구석에서 화장실에서 들은 충격적인 사실을 말해 주었다. 평범하게 생긴 모델을 구한다는 회사의 광고는 새빨간 거짓말이었고 직원이 우리를 가망 없는 오디션에서 시간 낭비 하는 메주 덩어리들이라고 비웃었다는 이야기를 고스란히 전해 들은 윤지는 분통을 터트렸다.

"완전 사기 아냐? 어떻게 그럴 수 있어?"

"완전 사기지 뭐. 어쩌냐. 우리 괜히 왔어."

"그럼 다시 집에 가라고? 내가 여기까지 찾아오느라 얼마나 고생했는데!"

윤지는 손톱을 잘근잘근 씹으며 초조해했다. 복도 저편에서 직원 언니가 호명하는 소리가 들려왔다.

"99번, 100번 들어오세요!"

우리 순서가 점점 가까워지고 있었다. 슬슬 결정해야만 한다. 오디션에 참가하느냐, 마느냐. 메주 덩어리에 멍청이 취급을 받고 돌아가느냐, 그냥 먼저 돌아가느냐. 안절부절못하던 윤지가 불쑥 물었다.

"김화영 걔는 어떻게 됐어?"

"걔는 절대 안 올걸."

"나도 왔잖아. 올지도 몰라. 기다려 보자."

우리는 일단 화영을 기다려 보기로 했다. 우리 중에서 모델 같이 생긴 화영이가 오면 결단을 내릴 수 있을 것만 같았다. 하지만 이제 남은 시간이 너무 짧았다.

"103번, 104번 들어오세요!"

어느새 우리 순서가 코앞까지 닥쳐 왔다. 더 이상 화영을 기다릴 수가 없었다.

"그냥 우리끼리 하자."

먼저 말을 꺼낸 것은 윤지였다.

"그냥 참가하자고?"

"내가 집에서 생각을 해 봤는데 말야…… 내 평생 공부 말고 다른 걸 더 열심히 해 본 건 이번이 처음이었다고. 그렇게 노력한 것들이 하루아침에 날아가 버렸잖아. 억울해서 사흘 내내 한숨도 못 잤어."

"하지만 참가해 봤자 어차피 떨어질 거 아냐? 너나 나나 솔직히 모델 체형하고는 거리가 멀잖아?"

"누가 이 따위 거지 같은 오디션에 붙고 싶대?"

윤지의 눈은 만두 언니에게 명상에서 본 환각을 고백할 때와 같은 정체불명의 열기로 타오르고 있었다.

"떨어뜨리건 말건 상관없어. 여기서 어떻게든 튀어 보기라도 해야 속이 풀리겠어."

"튀어 보자고?"

"그래. 튀어 보자고."

하긴 그렇다. 여기까지 왔는데 그냥 돌아가는 것도 억울하다.

윤지 말대로 뭐든지 하긴 하고 돌아가야 속이 후련할 것 같았다.

"그런데 어떻게 튀지?"

"몰라. 그건 네가 생각해."

나는 필사적으로 머리를 굴리기 시작했다. 우리보다 훨씬 예쁘고 날씬한 애들 사이에서 튀려면 어떻게 해야 할까. 불현듯 한 가지 아이디어가 떠올랐다. 아이디어라고 거창하게 부르기 민망할 정도로 하찮은 생각이었지만, 더 이상 재고 따질 시간도 없었다.

"좋아. 이렇게 하자."

내가 윤지에게 귓속말을 하자마자 직원 언니가 우리 번호를 불렀다.

"105번, 106번 들어오세요!"

우리는 심호흡을 하고 오디션장으로 들어갔다. 오디션장은 좁고 썰렁했다. 무기력한 표정의 남자 심사 위원 두 명이 삼각대 위에 놓인 커다란 카메라와 함께 나를 바라보고 있었다. 턱수염을 기른 심사 위원이 말했다.

"자기소개 해 봐요."

"아, 안녕하세요. 저는 박세아라고 합니다. 고등학교 2학년이고요. 미용에 관심이 많습니다."

"저, 저, 저는 이윤지라고 합니다."

심사 위원들은 듣는 둥 마는 둥이었다. 우리처럼 가망 없는 지원자가 백 명 정도는 다녀간 것 같았다. 걔네들은 온 힘을 다해서 오디션을 봤겠지. 어차피 떨어질 줄도 모르고.

"두 사람이 제일 자신 있는 포즈 세 개를 순서대로 취해요. 자, 시작합니다."

나와 윤지는 서로의 얼굴을 마주 보았다.

'네가 먼저 시작해.'

'됐어, 네가 먼저 해.'

눈빛으로 실랑이를 벌이다 결국 내가 한 발짝 앞으로 나갔다.

"포즈가 한 개밖에 없는데 괜찮나요?"

"학생 마음대로 하세요."

나는 카메라 렌즈를 똑바로 바라보며 천천히 한 발을 들어 올렸다. 그리고 오른손을 들어 턱 아래에 가져갔다. 왼손은 오른쪽 팔꿈치 아래에서 곱게 펼쳤다. 나는 그 어느 때보다도 강한 집중력으로 고대 페르시아의 비전, 아르주만드 뷰티 체조의 마무리 동작을 취했다. 반쯤 졸고 있던 심사위원들의 눈이 휘둥그레졌다. 나는 한 발로 선 채 윤지에게 채근했다.

"뭐 해? 너도 해!"

나를 멍하니 쳐다보고 있던 윤지는 황급히 나를 따라 한 발로 서서 마무리 동작을 취했다. 우리는 동시에 아랫배에 힘을 주고 크고 단호하게 숫자를 세었다.

"와히드, 이스난, 살라싸!"

카메라 앞에 선 남자가 헛웃음을 터트렸다. 다른 심사 위원도 어처구니없다는 듯 웃었다. 화장실에서 내가 듣는 줄도 모르고 실컷 떠들었던 직원 언니는 웃는 건지 불쾌해하는 건지 모를 얼굴로 오만상을 찌푸렸다. 그래 실컷 비웃어라. 우리는 구령에 맞추어 계속해서 한쪽 발로 콩콩 뛰었다. 뷰티 살롱에서 수도 없이 체조를 한 덕분에 우리 둘의 뜀박질은 신기할 정도로 딱딱 맞아 떨어졌다. 우리는 심사 위원들이 이제 그만하라며 말릴 때까지 뛰고, 또 뛰었다.

오디션 결과는 물론, 불합격이었다. 합격한 아이들은 하나같이 날씬하고 키 크고 예쁜 외모의 소유자들이었다. 심사 위원들 앞에서 내가 한 짓을 떠올리면 얼굴에 불이 날 지경이었다. 그때는 화가 나서 될 대로 되라는 심정이었다. 뭣 모르는 아이들에게 거짓말이나 하는 사람들한테 엿을 먹이고 싶은 기분도 있었다.

오디션은 끝났고 만두 언니와 오마르는 신기루처럼 사라졌다. 나는 일상으로 돌아왔다. 예전과 달라진 점이 있다면 나와 화영이는 더 이상 친구가 아니게 되었다는 것, 그리고 윤지가 전학을 갔다는 것이었다. 전학 간 윤지하고는 몇 번 카톡을 주고받다가 결국 연락이 끊어졌다. 전학 간 학교에서는 이상한 생각 안 하고 잘 살았으면 좋겠다.

우리 집의 일상도 원래대로 돌아왔다. 안방 농성을 시작한 지

한 달 반이 지나서야 엄마는 방문을 열고 아빠를 들여보내 주었다. 처음 오빠에게 아빠의 바람 이야기를 들었을 때는 영원히 아빠 얼굴을 마주 보기도 싫을 거라고 생각했다. 하지만 남도 아닌 아빠를 미워한다는 건 생각만큼 쉬운 일이 아니었다. 나는 괜히 아빠에게 짜증을 부리고 용돈 몇 푼을 뜯어내는 구차한 방식으로 분노를 표현했다. 가족을 배신한 아버지를 향해 따끔한 말한 마디를 날리고 집을 나가 영원히 돌아오지 않는 딸이란 드라마에나 나오는 존재였다.

아빠는 언제나처럼 나에게 잘해 주었지만 가끔 나를 대하는 아빠의 태도에서 아빠가 내 눈치를 보는 느낌이 들고는 했다. 나는 예전처럼 아빠를 대할 수 없다. 아빠가 잘못했으니까. 그런 생각이 들 때마다 나는 슬퍼졌다. 엄마가 안방에서 나오던 날, 나는 부모님이 두 번 다시는 내 앞에서 아빠가 바람 이야기를 꺼내지 않을 거라는 생각을 했다. 그동안 우리 집에서 일어난 수많은 일처럼 아빠가 저지른 잘못도 바쁜 일상의 밑바닥에 가라앉아 한동안 떠오르지 않을 것이다. 하지만 완전히 사라지지는 않고 앙금이 되겠지.

엄마는 더 이상 아빠에게 잔소리를 퍼붓거나 휘발유 냄새 타령을 하지 않았다. 대신 아빠를 없는 사람 취급하기 시작했다. 그제야 나는 엄마의 얄미운 잔소리와 기름 냄새 타령이 아빠에 대한 최소한의 애정 표현이었다는 것을 알게 되었다.

언젠가 엄마와 아빠는 다시 부딪칠지 모른다. 그때까지 오로지 우리 집의 독재자이자 우리 집에서 제일 완벽하고 위대한 사람인 엄마 혼자만이 나는 짐작조차 할 수 없는 상처와 함께 아빠의 잘못을 짊어지고 살아가겠지. 나는 아빠에게 실망한 만큼 엄마에게 너그러워지기로 마음먹었다. 결코 쉬운 일은 아니겠지만 말이다.

오빠는 여전히 방에 틀어 박혀 게임 중독자 생활을 했다. 기력을 되찾은 엄마는 오빠로부터 아빠가 오빠에게 빌려 준 오백만 원에 이자를 붙여서 천만 원을 받아 내겠다고 선언했다. 오빠가 돈을 갚지 못하면 컴퓨터고 뭐고 다 때려 부수고 알몸으로 쫓아내 버리겠다는 협박도 덧붙였다. 엄마는 삼 년 전에 나한테 미술 준비물 값 오천 원 더 준 걸 아직까지 기억하는 사람이니 오빠는 단단히 각오해야 할 거다.

한때 57킬로그램까지 떨어졌던 내 몸무게는 뷰티 살롱이 없어지고 금방 다시 불어나 한 달 만에 60킬로그램까지 되돌아왔다. 엄마는 여전히 나와 눈만 마주치면 살 빼라는 타령을 했다. 그래도 65킬로그램이었던 예전에 비하면 교복 치마도 청바지도 한결 편안해졌다. 나는 여전히 매점을 오가며 떡볶이와 몽쉘통통을 먹었지만 예전처럼 주체할 수 없는 식욕에 시달리는 일은 잘 없었다. 다만 친구들과 학교 앞 분식집에서 떡볶이를 먹을 때마다 오마르가 만들어 주던 바그다드 즉석 떡볶이의 맛이 떠오르고는 했다. 어른이 되어 아르주만드 떡볶이 집에서 겪은 일들을 전부 잊어버린다 해도 바그다드 즉석 떡볶이의 맛은 잊을 수 없을 것이다. 나는 나중에 돈을 벌면 꼭 아랍 여행을 가서 바그다드 즉석 떡볶이에 들어간 재료를 사 와야겠다고 다짐했다. 그런데 어떤 재료를 넣었는지는 만두 언니와 오마르만 알고 있을 텐데 어쩐다.

겨울 방학이 되었다. 나 혼자 마루에 앉아 가요 순위 프로그램을 보고 있는데 오빠가 방에서 나오더니 대뜸 말을 걸었다.

"너 도대체 밖에서 뭐 하고 다니는 거냐?"

"무슨 소리야?"

오빠는 방 안에 들어오라는 손짓을 했다. 나는 귀찮아하며 오빠 방에 들어갔다. 오빠는 모니터 화면을 손가락으로 가리키며 말했다.

"이거 너 아니야?"

모니터에는 유튜브 동영상 사이트가 떠 있었다. 오빠는 '오디션장 엽기고딩'라는 제목의 동영상을 클릭했다. 잠시 시간이 흐르고 거친 화질의 동영상이 재생되었다. 기묘한 컴퓨터 음악이 흐르더니 널찍한 방이 화면에 나타났다. 방 한가운데에 선 작달막한 여자아이 두 명은 카메라를 향해 엄숙한 표정을 짓더니 이상한 외국어로 구령을 붙이며 외다리로 펄쩍펄쩍 뛰어 다니기 시작했다.

"어? 이거 나잖아!"

나는 기겁을 하고 모니터에 달라붙었다. 누군가 오디션을 보는 나와 윤지의 모습을 휴대폰 동영상으로 찍어 올린 것이었다. 윤지는 곧 화면에서 사라졌고, 더 적극적으로 주접을 떨었던 나를 중심으로 찍어 놓았다. 오빠는 한심하다는 듯 콧방귀를 뀌었다.

"쪽 팔리게 뭐 하는 짓이야?"

내 모습을 찍은 동영상은 순식간에 전 세계로 퍼져 나갔다. 동영상은 움직이는 GIF 그림 파일로 가공되어 온갖 인터넷 커뮤니티에서 짤방으로 쓰였다. 특히 묘한 테크노 음악을 삽입해서 내가 외다리로 제자리 뛰기를 하는 장면만 무한 반복 재생이 되도록 만든 믹스 동영상은 폭발적인 인기를 모았다. 전교에서 나를 모르는 사람이 없게 되었다. 선생님들마저도 동영상 이야기를 했다. 길거리에서 내 얼굴을 알아보고 웃는 사람들도 있었다. 방송국 PD로부터 문자가 오기도 했다. '세상에 이런 일이' 방송에 출연해 달라는 제안이었다. 방송 출연은 거절했지만 TV에 출연할 뻔한 이야기는 한동안 내 친구들 사이에서 자랑거리가 되었다.

모로 가도 서울이면 된다더니, 오디션에 떨어졌는데 이런 식으로 유명 인사가 될 줄은 꿈에도 몰랐다. 엄마는 여고 동창들까지도 카톡으로 내 동영상 이야기를 한다며 창피해했지만 그리 나쁜 기분만은 아닌 듯했다. 60킬로그램이 넘고 77사이즈를 입는 여자아이가 언제 또 유명인사가 될 날이 오겠어.

나는 가끔 스마트폰으로 유튜브에 올라온 내 동영상을 구경했다. 내 동영상에 사람들이 단 댓글을 구경하면 창피하면서도 연예인이 된 양 뿌듯했다. 내 동영상에 달린 댓글 개수는 천여 개에 달했다. 한국어, 영어, 일본어, 중국어, 태국어, 프랑스어, 아랍어까지 다양한 언어들이었다. 한류 스타가 따로 없었다. 댓글들을 구경하던 나는 문득 마우스를 움직이던 손을 멈추었다. 온통 바보 같다, 우습다는 말뿐인 댓글들 사이에서 두 개의 댓글이 내 눈길을 잡아챈 탓이었다.

ID young0401 1개월 전
결국 갔네.
근데 이게 무슨 짓이야?
쪽 팔려.

ID number11111 2주일 전
······ 창피해. 왜 그랬지??? ㅠㅠㅠㅠ

마치 나를 잘 알고 있는 듯한 내용들이었다. 나는 황급히 페이지를 뒤져 young0401, number11111들의 관련 게시물을 찾아보았지만 내 동영상에 달린 댓글 외에는 아무 흔적이 없었다.

마치 나에게 말을 걸기 위해 일부러 만든 아이디인 것처럼. 그러고 보면 화영이나 윤지도 동영상을 보기는 봤을 것이다. 물론 두 아이디의 정체가 꼭 화영이나 윤지라는 증거는 없지만 말이다. 나는 두근대는 가슴을 누르고 계속 댓글들을 뒤적였다. 비교적 최근에 달린 댓글 중에 눈에 띄는 것이 하나 더 있었다.

ID Omarr0101 1일 전
재미있어요ㅋㅋ 잘하네요.

오마르? 나는 놀라서 아이디를 클릭 해 보았다. Omarr0101이 업로드 한 동영상 파일 세 개가 검색되었다. 동영상 하나는 파키스탄 정부군과 탈레반 반군의 내전 소식을 전하는 CNN 뉴스 영상이었고, 나머지 두 개는 아카데미 시상식과 아랍어 음악 동영상이었다. 진짜 오마르가 댓글을 남겼을까? Omarr라는 단어가 들어가는 아이디는 수십 개가 넘었다. 혹시 만두 언니가 남긴 댓글은 없을까 하고 계속 댓글 란을 뒤졌지만 언니가 쓴 듯한 댓글은 끝내 나오지 않았다.

나는 '파키스탄 내전'이라는 주제로 인터넷 뉴스 기사를 검색해 보았다. 머리에 수건을 두른 남자들이 모래투성이 얼굴로 탱크를 향해 소총을 겨누고 있는 사진이 나타났다. 나는 혹시 오마르가 찍히지 않았을까 하고 사진에 나온 사람들의 얼굴을 자세히 들여다보았지만 흙먼지에 뒤덮인 아랍 사람들의 얼굴은 미국 사람들처럼 모두 비슷해 보이기만 했다. 나는 오마르 찾기는 포기하고 기사 내용을 읽어 보았다. 총을 든 남자들은 탈레반에 대항해 싸우는 친정부 성향 민병대원들로, 부족의 안전을 위해 독자적으로 군대를 조직했고, 정부군에게 지원받은 무기로 수십 명의 탈레반 전투원을 살해했다고 자랑스럽게 말하고 있었다.

오마르는 전쟁이 벌어지는 고향으로 돌아갔을까, 아니면 다른 동네에서 만두 언니와 떡볶이 집을 하고 있을까? 어느 곳에 있어도 부디 건강히 행복하기를.

지금 이 순간에도 어디든 인터넷이 연결되어 있는 곳에서 나를 전혀 모르는 사람들이 내 모습을 보고 있다. 만나지 않아도 사람들은 서로의 존재를 알 수 있다. 학교 앞 떡볶이 집에서 배운 체조로 살을 뺄 수도 있고, 통통한 몸매로 모델 오디션에 나가서 세계적으로 유명해질 수도 있다. 외국인 노동자가 상습 성추행 범을 멋지게 퇴치해 낼 수도 있다. 크고 대단한 회사에서도 아무렇지 않게 거짓말로 아이들을 속일 수 있다. 눈에 보이지 않는 곳에도 세상은 존재했다.

10

숫자 너머의 세상

거리와 상점마다 노랗고 하얀 크리스마스 조명이 들어왔다. 성탄절을 코앞에 둔 금요일 밤 2호선 전철은 지옥이었다. 사랑에 빠진 연인처럼 서로 겹쳐진 채 온몸을 부비며 전철에 실려 가는 직장인들의 입에서는 술과 고기 냄새가 사정없이 뿜어져 나왔다. 나는 돌덩이처럼 무거운 백팩을 짊어지고 양복쟁이 아저씨의 겨드랑이에 뒤통수를 파묻은 채 진퇴양난에 빠져 있었다. 아저씨와 몸을 맞대고 있다는 것보다도 당장 오줌이 마렵다는 것이 큰일이었다. 학원에서 화장실 들렀다 나왔어야 했는데.

"실례합니다, 잠깐만 비켜 주세요!"

나는 억척스레 인파를 헤치고 뛰어 나와 전철역 화장실로 내달렸다. 일을 보고 나와 세면대의 거울을 들여다보자 흉하게 번진 립글로스가 눈에 띄었다. 나는 백팩의 앞주머니에서 부드러운 미용 티슈를 꺼내 립글로스를 깨끗이 닦아 냈다. '거친 휴지로 얼굴을 아무렇게나 문지르면 대재앙이 일어난다.' 지난 이 년 동안 만두 언니의 충고를 잊지 않고 지킨 덕분인지, 내 피부는 모두가 부러워할 만큼 깨끗하고 하얗다. 아쉽게도 몸무게는 여전히 60킬로그램이지만. 그래도 크게 나온 66사이즈 옷은 예쁘게 잘 맞는다.

나는 재수생이 되었다. 고3 스트레스를 잊어 보려고 시작한 인기 아이돌 팬클럽 활동이 화근이 되어 수능을 망치고 사 년제 대학에 모조리 미끄러진 덕분이었다. 나는 그냥 집에서 가까운 전문대학에 들어갈 생각이었지만 엄마는 사 년제 대학 나온 오빠도 백수 신세인데 전문대 나와서 뭘 먹고살겠느냐고 길길이 뛰며 나를 유명한 재수 학원 종합반에 밀어넣었다. 고3을 한 번 더 치르는 것과 다름없는 갑갑한 학원 생활에도 슬슬 적응해 PC방이나 커피값 싼 카페에서 딴청을 피울 수 있게 될 때 즈음 아빠는 주유소의 정직원으로 채용되었다. "정직원이라 해 봤자 주유소지."라며 콧방귀를 뀌면서도 한우 갈비로 축하 상을 차렸던 엄마는 보험 회사 지점장으로 승진했다. 오빠는 빚 갚으라는 엄마의 성화에 못 이겨 동네 PC방에서 아르바이트를 시작했다가 오빠 못지않은 게임 중독자인 사장의 눈에 들어 정직원이 되었다. 월급쟁이가 되었는데도 부모님에게 용돈 한 번, 나한테 선물 하나 줄 줄 모르는 얄미운 화상이지만.

나는 화장실에서 나왔다. 다시 전철을 탈까, 아니면 한숨 돌릴 겸 버스로 갈아타고 집으로 돌아갈까 고민하던 내 눈에 묘한 광고판 하나가 들어왔다.

그 광고는 전철역 벽에 즐비하게 붙은 성형외과와 음식점 광고 사이에서 두드러지는 존재감을 발하고 있었다. 사진 속에는 미스코리아처럼 머리를 위로 틀어 올리고 짧은 치마 정장 차림을 한 젊은 여자가 화려한 호피 무늬 소파에 여왕처럼 위풍당당하게 앉아 있는 모습이 찍혀 있었다. 광고 의도를 전혀 알 수 없는 기묘한 사진에 요즘 세상에 만든 광고라고는 생각할 수 없을 정도로 조악하고 촌스러운 디자인이 어우러져 헛웃음을 자아냈다.

광고 내용은 전부 합쳐 세 줄뿐이었다.

만혼, 재혼 전문 상담

민옥주 대표

010-6223-XXXX

광고 사진 속 여자의 얼굴이 묘하게 낯이 익었다. 나는 눈을 크게 뜨고 광고를 자세히 들여다보았다.

"만두…… 언니?"

사진 인쇄 품질이 너무 낮고 화장은 너무 진했지만 사진 속 여자는 분명 '아르주만드 민' 언니였다. 주인 언니를 전철역 광고판으로 만날 줄은 꿈에도 몰랐다. 뜬금없이 결혼 상담가가 되었을 줄이야. 보통 사람이라고는 생각하기 힘든, 그렇다고 연예인이라기에는 촌스럽고 화려한 차림새와 허술하고 수상쩍은 광고까지, 전부 만두 언니의 모습 그대로였다.

며칠 후 나는 저녁 수업을 땡땡이치고 그 요상한 광고가 붙은 지하철역으로 찾아갔다. 이번에야말로 휴대폰 번호를 저장해 올 생각이었다. 그러나 며칠 사이에 만두 언니의 광고는 뼈 해장국 집 광고로 바뀌어 있었다. 이럴 줄 알았으면 처음 봤을 때 사진부터 찍어 둘걸 하고 후회했지만, 이미 늦은 일이었다.

나는 기운이 빠져 집으로 돌아갔다. 썰렁한 거실에서 졸고 있던 고양이만이 한껏 기지개를 켜며 나를 반겼다. 내가 재수 학원 뒷골목에서 주워 온 길고양이 녀석이다. 엄마도 오빠도 아빠도 모두 일하러 가고 없었다. 어느새 우리 집에서 아무것도 하지 않는 빙충이는 나 하나뿐이었다. 예전에는 엄마 빼고 모두 다 빙충이들이었는데. 인생은 예측불허다. 재수가 끝나고 대학에 붙은 내 앞에 어떤 인생이 기다리고 있을지 아직 모른다. 아르주만드 언니의 인생도 그런 것이 아니었을까. 언니는 지금도 간절히 결혼하고 싶어 하는 아저씨와 아줌마들에게 드라마 같은 이야기를 하며 용기를 북돋아 주고 있을 것이다. 뷰티 살롱에서 우리에게 그랬던 것처럼.

만두 언니는 단지 환상을 파는 사기꾼에 불과했을지도 모른다. 나는 끝내 엄마처럼 44사이즈는 되지 못했다. 화영도 윤지도 원하던 꿈을 이루지는 못했다. 세상은 변함없이 아이들을 숫자와 외모로 재단하고 있다. 그러나 숫자 너머에도 분명히 세상은 있다는 것을 이제 나는 안다. 만두 언니의 존재가 거짓이건 진짜건 상관없다. 나는 아르주만드 뷰티 살롱에서 분명히 다른 세상을 보았다.

낡은 체중계는 여전히 0.7킬로그램을 가리키고 있었다. 이제 체중계는 예전처럼 내 화를 돋우지 못한다. 가끔 고양이 체중을 재기 위해서만 쓰일 뿐이다. 나는 고양이를 안고 내 방에 들어가 책상 맨 아래 서랍을 열었다. 서랍은 유행 지난 장신구와 쓰다 만 볼펜들, 아이돌을 쫓아다니면서 사들인 CD와 야광봉, 친구들에게 받은 생일 카드 따위 등 쓸모없지만 선뜻 버리기에는 추억이 발목을 붙드는 잡동사니들로 가득했다. 나는 정든 잡동사니 무더기를 헤치고 가장 깊은 구석에 처박혀 있던 찌그러진 야쿠르트 병을 찾아냈다.

나는 야쿠르트 병을 코 밑에 대고 사하라 사막의 모래 냄새를 들이마셨다. 놀이터 모래에서 풍기는 퀴퀴한 흙냄새에 섞인 재스민 향이 아주 잠깐 코를 스쳤다. 밤하늘을 가득 메운 보름달 빛을 받아 푸르게 반짝이는 사하라의 풍경이 아스라하게 눈앞에 떠올랐다가 곧 사라졌다.

작가의 말

이제 와서 고등학생 시절을 되짚어 보면 자연히 웃음이 비어
져 나온다. 정말이지 즐거운 시절이었다. 그러나 어른들의 왜곡
된 추억이나 환상 속의 십 대들이 아닌 현실의 고등학생들은 마
냥 삶이 즐겁기만 하기에는 영 못생기고, 뚱뚱하며, 자기 불만족
에 시달리고, 불확실한 미래에 짓눌리며, 무엇보다도 고독하다.
과잉 분비되는 호르몬 탓일 수도 있고, 교육 시스템의 부조리 탓
일 수도 있을 테지만 여하간 그러하다.

그럼에도 불구하고 내가 그 시절을 떠올릴 때 괴로운 기억보
다 즐거운 기억이 앞서 떠오르는 것은 내 곁에 친구들이 있어 주
었던 덕분일 게다. 십 대들의 우정이란 모종의 안전망이다. 외로
움과 두려움에 눌려 죽지 않기 위한 안전장치. '죽음'이란 은유
가 아닌 문자 그대로의 의미를 갖는다. 아이들은 대부분의 어른

들이 대수롭지 않게 여기는 이유로 죽음을 생각하고, 때로는 실행에 옮기기도 한다. 그 대수롭지 않은 이유들에 진심으로 공감해 주는 것은 또래, 친구뿐이다.

그래서 아이들은 살아남기 위하여 친구를 찾는다. 학교와 학원에서 얼굴을 마주하는 친구들은 물론 인터넷 커뮤니티와 포털 사이트 댓글 란과 익명 채팅방과 카카오톡과 페이스북 너머에서 내가 외로움에 떨며 보낸 SOS 신호에 흐트러진 맞춤법과 자음 연타와 이모티콘들로 답신을 보내오는 얼굴 없는 친구들까지. 지금 이 순간에도 간절히 친구를 찾아 헤매는 아이들에게 이 이야기가 작은 위로가 되기를 바란다.

이진

블루픽션 77

아르주만드
뷰티살롱

1판 1쇄 펴냄   2014년 11월 28일
1판 8쇄 펴냄   2022년 4월 15일

지은이 이진
펴낸이 박상희
편집주간 박지은
편집 장은혜
디자인 오진경

펴낸곳 (주)비룡소
출판등록 1994년 3월 17일 제16-849호
주소 06027 서울시 강남구 도산대로1길 62 강남출판문화센터 4층
전화 영업 02)515-2000 편집 02)3443-4318,9 팩스 02)515-2007 홈페이지 www.bir.co.kr
제품명 어린이용 반양장 도서 제조자명 (주)비룡소 제조국명 대한민국 사용연령 3세이상

ISBN 978-89-491-2337-0 44800   ISBN 978-89-491-2053-9 (세트)

※이 책은 한국출판문화산업진흥원의 2014년 〈우수 출판콘텐츠 제작 지원〉 사업 당선작입니다.

| 블루픽션 시리즈

1. 스켈리그 데이비드 알몬드 글/ 김연수 옮김

안데르센 상, 엘리너 파전 문학상, 카네기 상, 휘트브레드 상, 마이클 L.프린츠 상,
어린이도서연구회 권장 도서, 책교실 권장 도서, 중앙독서교육 추천 도서

2. 운하의 소녀 티에리 르냉 글/ 조현실 옮김

소르시에르 상, 어린이도서연구회 권장 도서

4. 0에서 10까지 사랑의 편지 수지 모건스턴 글/ 이정임 옮김

밀드레드 L. 배첼더 상, 어린이도서연구회 권장 도서

5. 희망의 섬 78번지 우리 오를레브 글/ 유혜경 옮김

안데르센 상 수상 작가, 밀드레드 L. 배첼더 상, 머더카이 상, 아침햇살 선정 좋은 어린이 책,
중앙독서교육 추천 도서, 책교실 권장 도서, 책따세 추천 도서

6. 뢰스 극장의 연인 자닌 테송 글/ 조현실 옮김

프랑스 '올해의 청소년 책', 소르시에르 상, 어린이도서연구회 권장 도서, 열린 어린이가 뽑은 좋은 책

7. 시인 X 엘리자베스 아체베도 글/ 황유원 옮김

카네기상, 내셔널 북 어워드, 마이클 L. 프린츠 상, 보스턴 글로브 혼 북 상, 골든 카이트 어워드,
아침독서 추천 도서

9. 이매지너리 프렌드 매튜 딕스 글/ 정회성 옮김

10. 초콜릿 전쟁 로버트 코마이어 글/ 안인희 옮김

미국 도서관 협회 선정 도서, 뉴욕타임스 선정 도서, 어린이도서연구회 권장 도서

11. 전갈의 아이 낸시 파머 글/ 백영미 옮김

뉴베리상, 국제 도서 협회 선정 도서, 마이클 L. 프린츠 상, 책교실 권장 도서, 어린이도서연구회 권장 도서

13. 나의 산에서 진 C. 조지 글/ 김원구 옮김

뉴베리 상, 미국 도서관 협회 선정 도서, 어린이도서연구회 권장 도서,
열린 어린이가 뽑은 좋은 책, 책교실 권장 도서

15. 우리 형은 제시카 존 보인 글/ 정회성 옮김

줏대있는 어린이 추천 도서

17. 푸른 황무지 데이비드 알몬드 글/ 김연수 옮김

안데르센 상, 엘리너 파전 문학상, 스마티즈 상, 마이클 L.프린츠 상, 어린이도서연구회 권장 도서

18. 킬리만자로에서, 안녕 이옥수 글

학교도서관저널 추천 도서

20. 기억 전달자 로이스 로리 글/ 장은수 옮김

뉴베리 상, 보스턴 글로브 혼 북 명예상, 어린이도서연구회 권장 도서,
열린 어린이가 뽑은 좋은 책, 교보문고 추천 도서

22. 내 인생의 스프링캠프 정유정 글

세계청소년문학상, 문화관광부 교양 도서, 어린이도서연구회 권장 도서,
교보문고 추천 도서, 학도넷 추천 도서

23. 줄무늬 파자마를 입은 소년 존 보인 글/ 정회성 옮김

아일랜드 '오늘의 책', 행복한 아침독서 추천 도서, 교보문고 추천 도서

25. 파랑 채집가 로이스 로리 글/ 김옥수 옮김

어린이도서연구회 권장 도서

26. 하이킹 걸즈 김혜정 글

블루픽션상, 한국문화예술위원회 우수문학도서, 책따세 추천 도서, 학도넷 추천 도서

27. 지구 아이 최현주 글

제11회 블루픽션상 수상작

28. 나는 브라질로 간다 한정기 글

황금도깨비상 수상 작가, 소년조선일보 추천 도서, 중앙일보 추천 도서

29. 키싱 마이 라이프 이옥수 글

한국문화예술위원회 우수문학도서, 어린이도서연구회 권장 도서, 교보문고 추천 도서,
전국독서새물결모임 추천 도서, 학교도서관저널 추천 도서

30. 꼴찌들이 떴다! 양호문 글

블루픽션상, 행복한 아침독서 추천 도서, 교보문고 추천 도서, 책따세 추천 도서,
경기도학교도서관사서협의회 추천 도서, 중앙일보 북클럽 추천 도서

31. 우연한 빵집 김혜연 글

문학나눔 선정 도서, 학교도서관저널 추천 도서, 책따세 추천 도서, 아침독서 추천 도서,
어린이도서연구회 추천 도서

32. 생쥐와 인간 존 스타인벡 글/ 장영목 옮김

미국 도서관 협회 선정 도서, 국립어린이청소년도서관 추천 도서

33. 두 개의 달 위를 걷다 샤론 크리치 글/ 김영진 옮김

뉴베리 상, 미국 어린이 도서상, 스마티즈 북 상, 영국독서협회 상 수상작,
경기도학교도서관사서협의회 추천 도서, 학도넷 추천 도서

34. 침묵의 카드 게임 E. L. 코닉스버그 글/ 햇살과나무꾼 옮김

스쿨 라이브러리 저널 선정 최고의 책, 에드거 앨런 포 상 노미네이트,
경기도학교도서관사서협의회 추천 도서, 아침독서 추천 도서

35. 빅마우스 앤드 어글리걸 조이스 캐럴 오츠 글/ 조영학 옮김

스쿨 라이브러리 저널 선정 최고의 책, 미국 도서관 협회 선정 최고의 청소년 책,
뉴욕 공립 도서관 추천 도서, 학교도서관저널 추천 도서

36. 서쪽 마녀가 죽었다 나시키 가오 글/ 김미란 옮김

소학관 문학상, 일본 아동문학가협회 신인상, 한국간행물윤리위원회 청소년 권장 도서,
어린이도서연구회 권장 도서, 아침독서 추천 도서, 책따세 추천 도서

37. 닌자걸스 김혜정 글

전국학교도서관담당교사모임 추천 도서, 아침독서 추천 도서

38. 첫사랑의 이름 아모스 오즈 글/ 정회성 옮김

안데르센 상, 제브 상

39. 하니와 코코 최상희 글

블루픽션상, 사계절문학상 수상 작가, 학교도서관저널 추천 도서

40. 파랑 치타가 달려간다 박선희 글

제3회 블루픽션상 수상작, 학교도서관저널 추천 도서, 아침독서 추천 도서,
어린이도서연구회 권장 도서, 책따세 추천 도서, 문화체육관광부 우수교양도서

41. 나는, K다 이옥수 글

학교도서관저널 추천 도서

42. 어쩌자고 우린 열일곱 이옥수 글

한국도서관협회 우수문학도서, 학교도서관저널 추천 도서

43. 앉아 있는 악마 김민경 글

44. 최후의 Z 로버트 C. 오브라이언 글/ 이진 옮김

뉴베리 상 수상 작가

46. 줄리엣 클럽 박선희 글

제3회 블루픽션상 수상 작가, 대한출판문화협회 선정 올해의 청소년 도서,
한국도서관협회 선정 우수문학도서

47. 번데기 프로젝트 이제미 글

제4회 블루픽션상 수상작

48. 뚱보가 세상을 지배한다 K.L. 고잉 글/ 정회성 옮김

마이클 L. 프린츠 아너 상

49. 파랑 피 메리 E. 피어슨 글/ 황소연 옮김

미국학교도서관저널, 미국도서관협회 선정 청소년 분야 '최고의 책',
학교도서관저널 추천 도서, 책따세 추천 도서

50. 판타스틱 걸 김혜정 글

제1회 블루픽션상 수상 작가, 대한출판문화협회 선정 올해의 청소년 도서,
고래가 숨쉬는 도서관 선정 도서, 한국도서관협회 선정 우수문학도서,
경기도학교도서관사서협의회 추천 도서

51. 어쨌거나 스무 살은 되고 싶지 않아 조우리 글

제12회 블루픽션상 수상작

52. 우리들의 팝조름한 여름날 오채 글

마해송 문학상 수상 작가, 한국도서관협회 선정 우수문학도서,
국립어린이청소년도서관 추천 도서, 경기도학교도서관사서협의회 추천 도서,
2017 순천시 One City One Book 선정 도서

53. 웰컴, 마이 퓨처 양호문 글

제2회 블루픽션상 수상 작가, 대한출판문화협회 선정 올해의 청소년 도서,
경기도학교도서관사서협의회 추천 도서

54. 초록 눈 프리키는 알고 있다 조이스 캐럴 오츠 글/ 부희령 옮김

미국 내셔널북어워드, 오헨리 상 수상 작가, 경기도학교도서관사서협의회 추천 도서,
국립어린이청소년도서관 추천 도서

56. 메신저 로이스 로리 글/ 조영학 옮김

뉴베리 상, 보스턴 글로브 혼 북 명예상 수상 작가, 경기도학교도서관사서협의회 추천 도서

⊙ 계속 출간됩니다.